边地人

地下的火焰

李桥江◎著

新疆美术摄影出版社
新疆电子音像出版社

图书在版编目(CIP)数据

地下的火焰 / 李桥江著. -- 乌鲁木齐：新疆美术摄影出版社：新疆电子音像出版社, 2012.10

（边地人文地理报告）

ISBN 978-7-5469-2213-3

Ⅰ. ①地… Ⅱ. ①李… Ⅲ. ①游记–作品集–中国–当代 Ⅳ. ①I267.4

中国版本图书馆 CIP 数据核字(2012)第 248716 号

地下的火焰

作　　者	李桥江	
责任编辑	栾　蕾	
制　　作	乌鲁木齐标杆集印务有限公司	
出版发行	新疆美术摄影出版社	
	新疆电子音像出版社	
地　　址	乌鲁木齐市经济技术开发区科技园路 7 号	
邮　　编	830011	
印　　刷	北京华宇信诺印刷有限公司	
开　　本	787 mm×1 092 mm　　1/16	
印　　张	13.75	
字　　数	97 千字	
版　　次	2013 年 1 月第 1 版	
印　　次	2013 年 1 月第 1 次印刷	
书　　号	ISBN 978-7-5469-2213-3	
定　　价	27.50 元	

本社出版物均在淘宝网店:新疆旅游书店(http://xjdzyx.taobao.com)有售,欢迎广大读者通过网上书店购买。

目　录

001 / 古海温泉的夜

004 / 星星峡:路上的故事

016 / 克拉2:人与天然气

023 / 神奇的塔里木盆地

042 / 南疆第一温泉——铁热克

053 / 塔里木盆地的野性

056 / 燃烧的红柳

059 / 吐鲁番:火与冰

079 / 南疆第一漂

082 / 苏杭村——一个即将抛弃的天堂

092 / 黑山探秘

100 / 库车,巴扎上流淌的暗香

107 / 胡杨的秘密

121 / 北庭,一个真实的神话

128 / 别迭里山口通向西天的天路

137 / 地下的火焰

144 / 断层上的人工大湖

152 / 塔里木盆地:挥不去的土纺织

161 / 塔里木盆地西缘故事

171 / 红沙河探源

177 / 塔里木盆地的盐山

185 / 探寻唐王城

193 / 通古孜巴西古城埋藏的历史

201 / 流沙河与高老庄

209 / 探秘高台寺

古海温泉的夜

2007年3月2日,我在吉木萨尔县采访,县领导马旭东邀请我一同去感受古海温泉的夜景,体验戈壁"夜浴"的妙处。带着一种神秘,当天夜里我们来到距离吉木萨尔县180余千米的古海温泉。

有些事情就是这样蹊跷,20多年前,石油工人期望在准噶尔盆地东部的戈壁荒原上打出高产油井,却没有想到,油井打成了,喷出的却是滚烫的古海水。因此严格来说,古海温泉实际上是一口"热水井"。近几年,商家看中了这口"热水井"的市场价值,于是,一个崭新的旅游度假区"古海温泉"诞生了。

准噶尔盆地的春夜是寂静寒冷的,漆黑的荒原似乎不怀好意的样子,从四面八方向温泉碾压而来。它们揉搓扼杀着温泉景点的灯光和水蒸气,无意之间却导演了一幅罕见的如梦如幻的荒漠奇景。我们来到温泉时时间已经很晚了,为了尽快揭开蒸汽和灯光笼罩着的秘密,我试了试水温,立即钻入了水中。

温泉景区采用收集热水成池的方法,建设了一大一小两个露天水池,大池由于面积较大,水温相对低一些,小池水温则在40℃以上,据说,泉水出水口处的温度在75℃左右。我想靠近出水口挑战一下耐受高温的能力,还没有接近出水口,地层深处喷发出的滚烫的热水,便让我打消了这个念头。随后,我在齐胸深的水池里试探了一圈,找到自己适宜的水温区域,浸泡在舒适的热水中,开始从幻景内部欣赏准噶尔荒漠的夜。温泉水质非常澄澈,水面上萦绕着一团时而浓重,时而淡薄的雾气,池边的灯光与水雾交织在一起,变幻出难以形容的光、雾与夜的色彩。我以为所谓的仙境大概也不过如此吧。

咕咚。咕咚。泉水喷涌而出发出的声响,低沉而又极具张力,它们在寂静的黑夜中传播得很远。我喜欢水,不过由于胆子小的原因,夜里却从不敢下水,甚至是靠近水边。我总担心黑暗中水底可能会冒出一些精灵古怪的东西。

古海温泉给我的感觉却完全不同。我下水之后,由于时间已经很晚了,水池里多数游客已经回房间休息了。注视着缭绕的雾气,聆听着泉水发出的声响,一时间,偌大的水池里似乎只剩我一个人。随即我意识到温泉的奇妙之处：即使真的只剩下我自己，待在水里也不会产生丝毫的恐惧。

水雾让人联想到仙境。泉水喷涌的声音则像地球发出的问讯或者是某种音乐。没有亲身经历，谁能够想到，一个人竟然能够在准噶尔盆地的黑夜沉醉在一种忘我境界？最奇妙的是在热水里泡一会儿，周身血脉似乎完全贯通一般，此时，你会情不自禁，钻出水池，尝试一番冷的滋味（我戏谑地将此称为"裸奔"）。哇噻！徜徉在零下十几摄氏度的空间，你竟然感觉不到寒冷。一不小心，发梢已经结满白色的冰霜。赶紧扑进温泉。我找到了准噶尔盆地的灵魂。

这一夜，我睡了一个难得的好觉。

星星峡:路上的故事

离开星星峡,不知不觉我们就进入了甘肃地界,站在新疆与甘肃的交界处,我心里没有产生预想当中的所谓激动。向东,越过安西县(今瓜州县)我们就走进河西走廊了;向北,我们将再次进入熟悉的新疆东部的戈壁荒漠。

我想继续向东行走,无奈星星峡沿线太多的故事留住了我的脚步。

马莲井写实

我以为星星峡就是新疆与甘肃的交界,抵达星星峡之后,我才知道星星峡以东几十千米外的马莲井才是两省区界限。于是,我们马不停蹄地赶到了马莲井。

在我的想象当中,马莲井首先是荣幸的,因为它将辽阔的新疆和神秘的甘肃连成了一片。其次,马莲井应该是"伟大"的,越过马莲井向东南就是通向内地的通衢大道,向西则进入新疆的怀抱,如此特殊的地理位置不是每个地方都能够拥有的。

有时候,想象和现实就是这样南辕北辙。我专注思考着脑子里的马莲井,一不小心,现实中的马莲井竟然不知不觉被我们抛在了脑后,以至于我们在甘肃境内走了一二十千米,依然误认为是在新疆的土地上。

转道返回过程中,我们降低了车速,当路边悬挂有"马莲井"三个字的指路牌出现在视野中时,我心里暗自对向导的埋怨顿时消失了。也难怪我们与马莲井擦肩而过,马莲井不过是原始荒凉的大地上的一片条状洼地而已。以312国道为界线,马莲井以北除了一些白花花的盐碱滩之外,与周围的环境并没有多大的差别。公路以南则生长着一些低矮的芦苇。按照常识,有芦苇的地方,地下水位就比较高,从这个意义上来说,马莲井对于极度干旱的这片土地而言,其不可替代的重要性是显而易见的。

我们很快在公路南面找到了一些从地下渗出的水,还有几口人们取水挖掘的水坑。手指上沾点水,送到舌尖上尝一尝,感觉有点咸涩。想一想,丝绸古道上的商旅行人,离开瓜州,途经柳园,一路上既无粮草补充,也没有任何水的来源,抵达有水有草的马莲井,他们还能要求什么呢?

我想了解马莲井名称的来历,遗憾的是我们的向导虽然在星星峡工作7年多了,对于马莲井的了解并不比我多。

　　好在哈密金矿就在马莲井北部不足十千米的荒原上。我们决定到金矿寻找一些线索。

　　金矿负责人王永家笑着说,大概没有人知道马莲井的名称是怎么样来的。过去那里可能有一口水井。他接着说:马莲井随便挖个坑就有水,金矿的饮用水就是来自马莲井。

　　虽然没有得到有价值的信息,但从金矿返回途中,我们却在荒原上意外地发现了三具动物尸骨。向导说这一带有黄羊,尸骨是黄羊的。然而,从尸骨的大小以及残存的皮毛判断,黄羊的体型不可能有如此之大,毛色似乎也不对,那么这些横尸荒野的动物会是什么呢? 至于这些动物的死因,大概只有它们自己知道了。

　　从马莲井返回星星峡时,天已经暗了下来,回首马莲井,从地形地貌以及植被情况来看,我突然想起马莲花。马莲花,也称马兰或马蔺, 是一种适应能力非常强的鸢尾科植物,花色为蓝色。资料显示,从祁连山到新疆境内的广大区域内都有马莲花生长。

　　荒凉的地方,却有着一个美丽的名称,这是过往这条古道的路人一相情愿的结果,还是有人真的在这里看到了盛开的马莲花。我宁愿相信后者。我期待着马莲花开的季节,来马莲井欣赏马莲花。至于荒原上那几具神秘动物的尸骨,从其距离312国道较近而言,星星峡动植物检验检疫站的人士推测,可能是长途贩运途中死亡的动物。

奇遇玉石山

据说,从星星峡向东行驶30余千米,马莲井附近有一条向西南方向的岔路口,那里就是新疆与甘肃的省界。然而,我们一路东行跑了将近60千米,却没有发现所谓的岔路口。大家都有些茫然,不知道我们所处的位置究竟是在甘肃还是依然在新疆。

我想起我的手机出新疆是不能使用的,掏出手机试着拨打了一个号码,语音提示我的手机已经超出了服务区,我们开始怀疑,是不是已经进入了甘肃大地。继续向前走了几千米,路边高地上立有一块石碑,上面写有"安西国家级极度荒漠自然保护区"等字样,这时我们才确认,我们的确来到了甘肃安西县。也难怪我们会发生这样的误会,从地形地貌和植被情况来看,安西与星星峡区域几乎没有什么区别。我们在石碑附近走了一走,陪同我采访的哈密市干部邹伟华立即发现这里的石头有些异样,我们的向导则在地表采集到一枚锈渍斑斑的箭头。我对玉石有一些了解,我以为这里的石头是一种玉石。那么这些石头到底是不是玉石呢？

在石碑四周待了一会儿，看一看时间，我担心影响了前往哈密金矿的采访，因此，尽管我想继续前行，但我们不得不踏上了归途。其中，还有一个原因，我怀疑石碑附近的玉石很可能来自我们刚刚经过的，距离马莲井不远的那座小山。既然来了为什么不去看个究竟呢？

驾驶员选择了一个较为平坦的地方，离开312国道向那座小山驶去。荒原上布满黑黝黝的石头。透过车窗，我注意到这些石头黑得有些奇特。停下车来，我随便捡起一块石头，哇噻！这些暴露在荒原上的黑石头，浸透着油润之色，竟然是玉石。玉石表面的黑色，不过是风吹日晒的结果，黑色的表面之下，隐藏的就是温润的玉石。从地形来看，玉石显然出自前方，那座表面看来同样呈黑色的小山。

在小山的边缘，我们就找到了开采玉石留下的矿点。大家都喜欢玉石，无奈我们没有足够的空间带回我们中意的每一块玉石。还有一点是我们自己造成的，突然发现如此多的玉石，人总是希望找到最好的，结果我们上演了"狗熊掰玉米"的故事。

金窝子印象

新疆有色金属总公司哈密金矿负责人王永家的一席话，

彻底解开了我们在新疆与甘肃界限问题上的疑惑。马莲井以东是甘肃地界，北面为新疆。马莲井是两省交界处唯一的水源地，马莲井名称很可能是由一口水井而来，现在的马莲井只是一个地名。

干旱的荒漠区域冒出一片马莲井这样的湿地固然有趣，有关哈密金矿的一些事情同样让我着迷。在历史上，哈密金矿也称金窝子，顾名思义，这里的黄金储量是非常了得的。直到现在金矿所在方圆十几千米的范围内，依然分布着大量的古人开采黄金留下的窟窿（当地人也称这些老古人开凿的矿井为"老窿"）。来到金矿的陌生人，天黑以后一般不敢随便在矿区内走动，因为，弄不好就有可能掉进哪一口深不可测的老井。王永家曾经跑遍了金矿四周的区域，其中，最让他好奇的是老古人是怎么样发现这里有黄金的，他们又是用什么方法，把黄金从岩石里提炼出来的。

老古人可能是偶然发现这里有黄金的。至于他们提炼黄金的方法，从矿区内没有发现古代大型石磨或碾子的情况来判断，老古人很可能是用小型的石臼捣碎矿石，然后，用水掏洗提炼出黄金的。

我们的一位同行者，对王永家所说的古人采金方式表示怀疑。我心里对小石臼采金也有些疑惑。石臼怎么可能用来捣碎矿石呢？捣个蒜泥倒是很合适。但是，当我了解了目前该金矿富矿的黄金品位，我相信了。因为，目前该矿的黄金开采是在老古人开采的基础上展开的，老古人开采金矿，是沿着富矿矿脉走的，其矿石的黄金品位肯定比现在高，古人称这片矿区为金窝子就是非常形象的解释。

据说，该金矿挖出的最好的金矿石，矿石表面就如同撒满星星一般，点缀着黄灿灿的黄金。

沉默的文字

星星峡镇所在地的小山口两侧山丘上有一些古老的建筑。它们如同一些年迈的老者，站在高处，默默地注视着往返于星星峡的车辆。向导介绍说，山上的建筑是西路军来到星星峡之后，为了防备马家军的追杀修建的碉堡。

沿着山脊上的碎石小路，我爬上最高一座碉堡所在的小山。碉堡依山而建，扼守险要，可谓易守难攻。碉堡相对的公路另一侧的山巅同样矗立着一个碉堡。两座碉堡一左一右，完全控制了峡谷中的国道312线。两座碉堡的东面分别呈扇形依次排列着一些军事设施。从碉堡所处的位置俯瞰四周地形，碉堡的下方是一条类似自然沟的谷地，谷地绕过312国道穿越的小山口，蜿蜒东去。后来，我才知道这个小谷地是过去通过星星峡的老路。

随后,我们又察看了前面山顶上的几个碉堡,从这些碉堡的形状和功用来看,有些"碉堡"显然是冷兵器时代留下来的,我开始怀疑向导所说的碉堡为西路军修建的真实性。向导似乎是为了证实他的说法,建议我们到公路对面的一个墓地看看,他说那里埋葬着许多西路军士兵的骸骨。

墓地距离312国道直线距离在500米左右,面积约20平方米,四周尚存残破的围墙。墓葬大多数已经遭到人为损坏,从裸露的白骨以及塌陷的墓坑来看,我们吃惊地发现,如此狭小的地方怎么埋葬着这么多具尸骨呢?

一块横卧在地残损的石碑上的文字揭开了墓葬之秘。中华民国三十三年九月二十二日……进疆……《纪念……将士》,下士某某,中士某某等一串名字。从这些记录上可以推测,埋葬在这里的士兵,是在同一场战斗(事件)中阵亡的国民党士兵。

民国三十三年九月二十二日,也就是1944年9月22日。这个时间距离西路军进入新疆已经过去七年了,距离抗日战争胜利还有一年时间,距离新疆和平解放还有五年时间,距离我们前来探望他们的时间则过去了六十多年了。

我们为这些远离故土的灵魂祝福。我们祈祷着来之不易的和平离开了墓葬。

星星峡的星星

作为新疆的东大门，星星峡的白天是繁忙的。为了感受这里的夜，我决定将自己生命中2008年3月16日的夜晚，留给星星峡。

据说，在兰新铁路开通以前，等待进出星星峡的车辆常常排起了长队，即使在计划经济时期，由于许多进出新疆的货物需要相关证明，星星峡也是拥挤喧闹的。历史已经过去了，现在的星星峡是繁忙有序的，通过这里的客货车辆完全按照驾驶人员的意愿，选择径直离开或者吃顿饭，稍微休息一会儿，甚至留宿一晚。

我完全是一个闲人。整个白天，我把自己的时光消耗在星星峡沿线的荒山秃岭，我期待能够遇到一些小生命：一只荒漠老鼠，一只飞鸟，但我失望了。星星峡的名称很美，但是，这里的现实却非常残酷。除了那些往来的车辆以及路边餐馆，星星峡剩下的就是荒凉和寂寥。

吃晚饭的时候，夜色悄悄地吞噬星星峡，伴随而来的春夜里的寒冷，透过窗棂，围剿着游丝一般的热量。同伴们感觉有些无聊，简陋的旅馆拴不住睡眠，索性找家饭馆饮酒助兴。

我身体中生性欠缺酒虫子，独自走进了星星峡的夜。

黑暗笼罩着我的眼睛，四周陷入一片混沌。必须得逃离黑暗。我这样想着，抬头之间，突然坠入了星星点亮的夜空。

哥白尼、哈雷、哈勃、勒梅特、伽莫夫、霍金……他们仰望星空，从地心说到日心说，一步一步走进宇宙大爆炸的世界。我相信万物起始于大爆炸的瞬间，生命的本初来自遥远的某一颗星星。我知道即使自己穷尽一生，也无法到达地球以外任何一颗星星——这种想法虽然距离我的现实太遥远，牵扯到许多深奥的知识——但是，它们丝毫也没有减少星星峡的星空给我的视觉造成的冲击，并且让我在长时间的仰望之后，感觉自己也变成了一颗星星，闪烁着和星星一样的光芒。由此我似乎明白了人们赋予星星峡以"星星"之意的初衷。

夜越深，星空越明亮。进出星星峡的车辆，仿佛在赶赴星空的约会。大货车轰轰的引擎声，飞驰的卧车车轮与地面摩擦发出的响声，车喇叭偶尔刺破寒冷的声音以及车灯切开的夜色……丝绸古道持续了数千年的驼队，精明的粟特商人等等，过去的和正在发生的事情，在星星峡碰撞着。

带着满脑子星星与星星峡的思考，回到房间以后，我担心可能会失眠，没曾想躺到床上，我的记忆便丧失了。天亮以后，我走出房间，昨夜空空荡荡的一个大院子，不知什么时候已经塞满各种车辆。仔细回想夜里的情况，我模模糊糊地想起，半夜里有几个寻找住房的司机，先后两次闯进我们的房间。这会儿，我才意识到一向睡眠非常糟糕的我，昨天夜里竟然在星星峡睡了一个难得的好觉。抬头仰望天空,昨夜满天星辰,变成蔚蓝的天空。星星到哪里去了呢?星星峡怎么变样了?

"荒凉的永远是你的心。"

我四处寻找声音的出处,不料却发现了星星峡的秘密:星星与星星峡,一个在白天,一个在夜晚,迎来送往进出新疆的人员和物资,演绎着一个古老驿站永远新鲜的话题。

星星峡沉思

穿越河西走廊,古老的丝绸之路行至甘肃与新疆交汇处,新疆境内第一个驿站星星峡到了。站在动植物检验检疫部门设在星星峡的检查站,感觉着重型车辆碾压公路发出的震颤,我突然想起电影《新龙门客栈》里的情景。

野性、粗蛮、杀戮、风骚、狂放不羁等等,它们就如同疾驶的车辆荡起的尘埃,随着车辆远去,很快还原成路上的泥土。电影里的故事不是历史,我想找一些真实的东西,仔细想一想,即使曾经在这条路上最成功的粟特商人,不也形同绽放的夏花,早已经干枯在历史之中?这是一种残酷的暗示:生命不过如此。围绕着生命展开的一切,同样不过如此。于是,我不得不面对这样一个问题:既然已经知道生的结局是死亡,我们的存在又有什么意义呢?

星星峡的两种野生植物的生命历程,对于帮助我找到问题的答案,似乎有着很大的启示。

荒凉干旱的星星峡植被种类稀少,野生动物也很罕见。但就是在这样的蛮荒之地,却生长着稀罕的野菜:沙葱和野葱。沙葱是一种形状类似韭菜的多年生草本植物,据说,不论凉拌、包饺子、炒菜,还是生食,沙葱都能给品尝者带来意想不到的惊喜。

我们的向导阿不来提·热合曼在星星峡工作已经7年了。每年进入5月之后,他就开始盼望下雨的天气。因为,有了雨水,就预示着沙葱和野葱也出来了。阿不来提·热合曼则可以在采沙葱的过程中找到快乐。沙葱很奇怪,没有降水的时候,沙葱永远是半死不活的样子,只要一丁点雨水,一夜之间,沙葱就长大了。雨水稍微大一点,沙葱就能迅速长到20多厘米高,然后,开花,结果,枯萎。沙葱的种子则能够多年埋藏在沙石中等待雨水。

沙葱的生命有意义吗?我们可以列举许多沙葱的必要性,如果需要,我们甚至可以把沙葱塑造成荒原上的"英雄"。我们生命的意义不正如我们所赋予沙葱的,掌握在我们自己的手中吗?

克拉2：人与天然气

提到克拉2气田，恐怕没有几个人不知道。全长4000千米的"西气东输"最西端的采气点就在克拉2气田。也就是说没有克拉2气田，就没有"西气东输"。2004年年底，"西气东输"的天然气抵达上海以后，有关克拉2气田的消息，似乎就偃旗息鼓。

那么工程完工以后，克拉2气田现在是什么样的？这里的天然气每天是通过什么方式源源不断地输往郑州、南京、上海等地的？5月21日，我来到了克拉2气田所在地拜城县……

克拉2 的故事

据说，"克拉"在当地的维吾尔语中大概是"黑色的无人区"或者类似生命禁区之意。我们从拜城县驱车60千米来到克拉2,沿途所见的地貌,让我对"黑色的无人区"的解释产生了怀疑。克拉2气田分明处在一片红褐色的雅丹地貌区域,怎么会有"黑色"的诠释呢?好在我的目的并不是为了弄明白"克拉"的含义,黑色和红色对我来说并不重要。

就像所有对"西气东输"工程充满好奇的外行人一样,来克拉2气田之前,我设计好了许多需要了解的问题,并且天真地以为我可以亲眼看到滚滚气流,顺着管线浩浩荡荡输向远方的壮观景色。抵达克拉2气田中央处理厂之后,我很快意识到我的一相情愿,给自己带来的失望有多大:太多的禁忌禁区,我以为采访会毫无收获地失败。

接待我们的是克拉2气田综合办公室主任曾毅。他站在亚洲最大的天然气处理厂门外,背对着粗大的管线铺开的网络,以及由各种巨型罐、塔组成的厂区,神态庄重地讲解,让我不自觉地剔除了思想上许多浮华的东西,渐渐进入了采访状态。

1983年,石油工作者在这里打了第一口探井。1998年,第二口就出现了工业气流,克拉2的名称由此诞生了,庞大的"西气东输"工程也因此由设想最终落到了实处。

2006年年初,塔里木第一勘探公司承钻施工的克拉2-13井,钻达5020米井深,顺利完钻。克拉2-13井也成为这个面积达47平方千米气田最深的一口天然气井。

2004年秋天，从西南石油学院刚刚毕业的曾毅来到克拉2气田的时候，正是克拉2气田即将拉开向内地输送天然气大幕的前期。克拉2来了一批又一批的石油专家以及领导，一种荣誉和自豪感，充满了曾毅的胸腔，也充满了整个克拉2气田，并且一直延续到现在。

"感觉就是这样奇妙。想一想，上海的居民，拧开天然气阀门，喷出的就是克拉2的天然气，(我们)能不自豪吗？"曾毅微笑着说。

夜空里的火炬

我们是前一天深夜由库车方向前往拜城县的。大概在半途中，公路右前方的荒原上出现了一团明亮的灯火，其中，还有几个擎天而立的巨型火炬，鹤立鸡群一般用红色的火焰照亮了高处的夜空。当时，同行的许多人以为灯火之处就是拜城县，却没有想到夜空中的灯火是荒原明珠克拉2。

我们在克拉2采访的时候，中央处理厂内的几个擎天而立的火炬依然在燃烧着。摇曳不定的蓝色火焰(白天火焰呈蓝黄色)让所有来自乌鲁木齐的人士，感觉克拉2未免太奢侈了。这样的火焰，能够满足多少个家庭使用呀。但是，在这里竟然无谓地燃烧掉了——可惜。

我们又犯了一个常识性的错误。

火炬排放的是石油或者天然气生产过程中的一种尾气，是必须要点燃的。否则这些排放的尾气很快会在厂区形成危险的气团。尾气同样是以天然气为主的易燃气体构成的，遇到任何明火都会发生燃烧，甚至爆炸。

这种燃烧尾气的方式，还是石油或天然气生产过程中观察设备运行情况的"显示器"。曾毅就此为我们讲了一些非常专业的东西。大概意思是，克拉2的整体运行都是全封闭式、自动化的。观察火炬上的火焰燃烧的情况，也是工作在这里的人员的一项日常工作。也就是说火焰燃烧的情况，直接反映着中央处理厂内设备运转的情况，火炬起到了某种"指示灯"的作用。

对话塔里木

克拉2气田工作的石油工人，每天都在以各自工作的内容与塔里木盆地，以及地层深处油气层对着话。

克拉2之所以能够成为"西气东输"的主力气田，在于这里巨大的天然气储量和天然气的质量。克拉2可开采天然气总储量达到2200亿立方米，可稳定供气30年至35年。其次，就是这里天然气的纯度非常高。目前，克拉2气田共有17口井，其中，16口井在运行，每天产气3000多万立方米，通俗地说，也就是一口井的日产气量，就可以保证全上海市民用天然气的使用量。最让人称奇的是如此大的产气量，伴随16口井出产的石油每天只有10吨左右，由此可见克拉2气田天然气的质量是怎么样的。

许多气田生产过程中，常常遇到硫化氢等有毒气体。克拉2气田出产的气体不仅没有硫化氢等有毒气体，而且百分之九十七以上都是天然气。因此，这里生产的气体，从地层深处喷出井口，进入相应处理设备之后，只需要经过两道工序即可达到使用标准。

数字固然能够说明克拉2的天然气整体情况，但是，我更希望曾毅能用一些形象的东西让读者感受克拉2。

曾毅想了想说：克拉2最厚的气层达到500米，这些气体混合在地层深处的缝隙中，压力达到了600兆帕以上，一般子弹的穿透力形成的压力只有0.2兆帕。如此巨大压力的天然气是通过一根经过特殊处理过的，直径300毫米的钢管抵达地面的。

经过处理的天然气，首先要通过管线输送到160千米以外的轮南油田，然后，从那里输送到上海等城市。沿途还等距离地分布有加压设备，以保证从克拉2气田输送的天然气有足够的压力。

目前,克拉2气田生产的天然气,4天时间就能够抵达终点。

流动的红色

曾毅的职责主要是围绕着克拉2气田工作人员的生活展开的,也包括接待外来参观者等等。他刚来到克拉2的时候,中心处理厂区域内除了气井,以及生产设备以外,这里大多数地方还是荒凉的褐红色的雅丹地貌。

现在情况则完全变了,地处荒原的克拉2气田中央处理厂区夜晚灯火灿烂,白日里则是一个绿色环绕,环境幽雅的地方。现代化的通信网络将万古荒原与外界紧密地连接起来。

曾毅扯着自己身上红色的上衣说:"这套衣服,不包括鞋子,成本在1000元以上。"他们的服装是经过特殊处理过的棉制服装。

说着,他指着脚上的皮鞋说:"穿着普通的鞋是不能进入中央处理厂的。我们有专用鞋。鞋和衣裤都不会产生静电。"

克拉2的17口气井,每年内都要轮换检修一次。曾毅平静地说:"这些都是我们的日常工作,谈不上累呀苦呀的,在这里工作挺好的。我就没想过要离开克拉2。"

克拉2所在的区域没有水,也无法生产蔬菜水果,这里所有生活日用消费品都需要从拜城县或者库尔勒等地拉运。

克拉2气田的总部在库尔勒市，因此，这里的职工的家基本上也在库尔勒市。他们的工作日程采用的是轮班制，不论是在中央处理厂内的工作人员，还是像曾毅这样的"后勤"工作者，一般在克拉2气田工作20天，就能够回库尔勒休息10天。

大概是要让我们见识一番克拉2的真实生活环境，曾毅请我们到他的办公室坐坐。这是一幢带有很大的大厅的办公楼。楼后面是一幢宿舍楼，两幢楼的中间连接着一个明亮的类似温室的建筑，里面有椅子，以及多种奇花异草。

办公楼内进进出出的穿着红色工作服的克拉2员工，旷野中红褐色的雅丹，红褐色的荒原，我想起黑夜里，那些擎天而立的火炬。我也希望能够拥有一件红色的工作服，在克拉2气田做一名工人。

神奇的塔里木盆地

"曲曲折折的荷塘上面，弥望的是田田的叶子。叶子出水很高，像亭亭的舞女的裙。层层的叶子中间，零星地点缀着些白花，有袅娜地开着的，有羞涩地打着朵儿的；正如一粒粒的明珠，又如碧天里的星星，又如刚出浴的美人。微风过处，送来缕缕清香，仿佛远处高楼上渺茫的歌声似的。"朱自清先生的散文《荷塘月色》堪称经典，谁能想到在遥远干旱的塔里木盆地，出淤泥而不染的莲藕，同样是一道风景？

马蹄山和胡杨

巴楚县境内的小海子水库附近，有一座叫马蹄山的小山丘，山上虽然没有植被，山丘的高度也不足百米，但是，在当地群众中马蹄山却很神圣。

前往马蹄山的途中，曾经多年居住在马蹄山东面团场的刘青燕说，她小的时候经常到马蹄山玩，当时她感觉马蹄山特别高。长大以后，马蹄山不可思议地变矮了。现在想起来有些可笑，实际上，马蹄山并没有多大变化。刘青燕说着自己就笑了。

据说，马蹄山的名称由来，是因为山丘上有两个酷似马蹄印的印记。我在心里想象着马蹄的形状，不曾想灰蒙蒙的天际中犹如飞来一块巨石，马蹄山突然就出现在了前方。马蹄山奇就奇在这里：平展展的大地突然就长出了一座山。

离马蹄山还有几千米远，又一个奇怪的现象出现了，放眼荒凉的南疆荒漠，唯独山脚下几棵粗壮的胡杨树，披着满树金黄色的树叶，仿佛马蹄山的卫兵守护着这座独特的山丘。同车的其他人开始谈论起有关风水的话题，大家一致认为，马蹄山虽然很荒凉，但是，它所处位置的风水一定不错，否则胡杨树怎么会在这里落下根来呢？

我们径直来到两个巨大的凹陷在山体中的马蹄印前，刘青燕为我们讲解着她所了解的马蹄山。居住在这里的群众相信马蹄山一直在保护着这片土地，因此，当地人一般很少离开这里出外谋生。这片土地还生产水果，杏子、苹果、红枣等都很有名气。近年来，棉花又给他们带来了滚滚财富。

巴楚县文物部门竖立的一块文物保护牌上则记录了这

样一些文字:托库孜萨来古城(当地也称唐城)20千米处,有一座山,山上有两个马蹄形大坑,距马蹄50米处的山顶端,有一个长约12米的马槽。相传马蹄印是伊斯兰教圣战者艾孜提·艾力坐骑留下的。山脚下有树龄在300年以上的胡杨树。

或许是对故乡的爱太深,在刘青燕的心目中,山体上两个大坑,简直就是现实生活中马蹄印的放大作品,我倒觉得耸立在山脚下的三棵胡杨树更加耐人寻味。南疆大地罕见的暖冬,使得我们有缘在初冬季节欣赏到胡杨树最美丽的秋景,满树黄得令人眩晕的树叶间,夹杂着一些彩色的布条,显然,经常有人揣着各种各样的心愿来到这里。我试着用双手丈量其中一棵胡杨树的直径,树太大了,我估计至少四个人才能合抱这棵胡杨。

刘青燕说,她小的时候,这里胡杨很多。但是,我只看到了三棵。

返回的时候,大家谈论着马蹄山。我联想起许多被人类赋予各种色彩的奇特地理现象,就好比新疆的天池,以及雪山,还有各种各样的神泉等等,它们要么寄托了人的某些希望,要么表达了人对英雄的崇拜,期望能够拥有无比的力量,以此达到美好生活的彼岸,马蹄山的情况大概也是这样吧!

夏河胡杨林的野性

资料显示,位于叶尔羌河下游的巴楚县夏河林场,是全世界保存最完整的,连片规模最大的原始野生胡杨林。我在一个偶然的机会走进了这片出人意料的原始森林。

从巴楚县其盖麦旦镇前往夏河林场的途中,我才搞清楚"夏河"并不是河,而是一个地理名称。夏河的名称由来很有意思。夏河区域的土地绝大多数位于叶尔羌河改道形成的沟壑地段。每年7月至9月,叶尔羌河汛期,泛滥的洪水很快溢满这里的深沟槽地,因此就有了夏河的称谓。

南疆大地罕见的暖冬,让我们幸运地欣赏着沿途野生胡杨林金黄的叶子,不知不觉就行驶了30多千米路程。森林渐渐茂密起来,胡杨树也越来越粗壮,我们已经进入了夏河原始胡杨林。汽车沿着沙质小道继续前行,前方胡杨林的黄叶,简直变成凡·高画笔下浓得化不开的黄色。我正在纳闷这里的胡杨树叶为何显得滋润了许多,林地间突然出现一道白亮亮的水湾,寂静的水面倒映着层层叠叠的胡杨,胡杨明黄色的叶子似乎将整个水湾里的水点燃了,置身在一个明黄色的世界。我更加奇怪了,这里怎么会出现一湾水呢?

陪同我们采访的农三师五十团干部张秀丽说,水湾就是叶尔羌河河道。今年夏季,叶尔羌河发生特大洪水,由于来水多，所以直到现在叶尔羌河道里还有存水。有了水，这里的胡杨自然就显得异常茂盛。

森林里没有任何声息，温度也非常适宜。站在水边，注视着茫茫林海，水面上倒影的深不可测的黄色，景色虽然美丽，我却突然萌生了一种遥远的孤独感。这种感觉让我产生了尽快离开的念头。

据说，夏河胡杨林场东西长120千米，南北平均宽11千米。林区内野生动植物丰富，黄羊、野鹿、野鸡、野兔、狐狸等动物经常出没，甘草、巴楚蘑菇、大芸、罗布麻等特色植物远近闻名。

我们在林区里虽然没有见到动物，但是，在接近林场的时候，却遇到了一群围猎野兔的刀郎人，他们有的用红柳棍挑着战利品，有的用手提着，从他们收获的战利品数量上来看，这一带的野兔数量不在少数。

林子大了，什么都有。夏河林场除了胡杨林以外，最有名气的莫过于一种神奇的野生蘑菇——巴楚蘑菇。林区的地面土层中含有大量腐熟的胡杨林树叶，每年四五月间，春雨降后或叶尔羌河泛滥，水流漫进林区浸润之后，野蘑菇就在广阔的林区地面上稀稀疏疏，零零星星破土而出。

从原始胡杨林回到其盖麦旦镇，街灯已经亮了。我有一种重新回到文明社会的感觉。回想起在叶尔羌河湾处的感觉,我意识到大概是原始胡杨林的野性太强烈的原因,才使我产生了尽快逃离的念头。

叶尔羌熏鱼

新鲜的大鲤鱼有许多种烹饪方法,但是,你能想象鲤鱼经过特殊熏制做出来的熏鱼会是什么风味吗?我在叶尔羌河畔农三师采访,中午就餐时,陪同采访的四十九团干部陈超松特意要了一份当地特色菜——干烧熏鱼。

我也是抱着一个平常的心态品尝干烧熏鱼的,然而,我很快发现自己犯了一个错误,随后,我采访了叶尔羌熏鱼的制作者,四十九团职工褚俊静。

塔里木盆地温暖干爽的初冬天气,为褚俊静晾晒熏制叶尔羌熏鱼提供了得天独厚的自然条件。褚俊静所在的宽敞的院子里,纵横拉设的铁丝架上,悬挂着一排排正在晾晒的鲤鱼,有的鱼已经晾干,有的还湿漉漉地滴答着血水。院子东头的熏池上蒙着一层麻织物,可以看到稀疏的青烟丝丝缕缕地透过麻织物飘散出来。

熏制肉类是新疆各族群众喜欢的食品之一,如熏马肉、熏鹅等等,当然也有制作熏鱼的,但据我了解的情况,这些熏鱼的方法基本沿用了其他肉类的熏制程序。因此,谈不上美味,当然,更无所谓特色了。

褚俊静学过厨师,先后在湖南、四川等地餐饮行业打过工,也就是在这个过程中,他萌发了借鉴内地熏制食品的风味加工叶尔羌熏鱼的念头。2004年初冬季节,他开始用叶尔羌河水养成的鲢鱼、草鱼、鲤鱼实验制作熏鱼,由于当地草鱼、鲢鱼个头太大,最终他选择了个头在3千克以内的鲤鱼。

熏鱼的制作主要有腌制、风干、烟熏三道工序。新鲜鲤鱼首先去鳞,然后,从背部切开,去除内脏,清洗,将事先准备好的腌制配料涂抹在鱼肉上,腌制三天,再经过五天左右时间风干,然后,经过40分钟左右时间熏烤,等鱼变成诱人的油黄色,此时熏鱼就做好了,要么储存起来,要么做成各种熏鱼菜肴直接上桌子即可。

褚俊静的熏鱼最独特的是腌制的配料,以及熏鱼时所使用的材料。熏鱼的材料选择当地的多种果树叶子,这样熏出来的鱼带有混合的果香味。而腌制原料则多达十几种,至于具体有什么东西,褚俊静笑着说:是商业秘密,不便透露。

熏鱼做菜肴之前,最好在清水里浸泡一会儿,这样既可以清洗掉在前期加工过程中的灰尘,减轻烟味,又给干透的熏鱼补充了一定的水分,便于加工菜肴。熏鱼菜的做法和一般的鱼基本相同,唯一不同的就是,一般的鱼再怎么做也做不出熏鱼的味道。

我采访时，褚俊静一边熏制，一边销售，已经卖出去几吨熏鱼。销售对象除了当地的餐厅，主要就是外来的客人，因为，品尝过他的熏鱼的外来者，临走时免不了要带走一些。

目前，褚俊静正想着怎么样给这种美味的熏鱼申请一个商标，让更多的人品尝到他的叶尔羌熏鱼。

胜利水库草鱼肥

胜利水库位于阿克苏市境内，是塔里木灌区水利管理处下属的三座平原水库之一。没到胜利水库之前，我无法想象地处塔克拉玛干沙漠边缘的水库是什么样的。站在水库岸边，我想起了大海，经历了在水库捕捞鱼虾的愉快时光，我想到了塔里木的江南。

建于20世纪中期的胜利水库，很多年以前就有过放养鱼类的历史，但是，真正形成规模是2000年以后的事情。水面大了，鱼自然也大，然而，让人觉得奢侈的是，在这里3千克以内的鱼类，被当作鱼苗严禁捕捞。更奢侈的是，在我经历的一个多小时的捕捞过程中，竟然捞出两条重量在20千克以上的大草鱼，十几千克重的大草鱼则是很平常的事情。我还在惊讶中没有回过神来，远处水面上飞起一群黑压压的鸟类，一个中年打鱼人不紧不慢地说：看那一群鸬鹚，好几百只呢，一天能吃掉一吨鱼。

胜利水库给我的惊讶还远不止这些。在岸边等待接我们的渔船时，水面上开来一艘用柴油发电机改装的木质渔船。养殖场副场长高志勇说船上拉的是刚捕捞上来的小杂鱼。船到岸边，我大吃一惊，小船的船舱里明明是一堆还在蹦跶的小虾，怎么成了小杂鱼呢？经过介绍我才明白其中的道理，他们所说的小杂鱼其实就是水库里自然生长的一种小虾，由于小虾价格低廉，其间又夹杂着个别叫不出名称的小野鱼，因此，大家顺口就叫小杂鱼了。

虾米被称为小杂鱼固然奇特，让人更加不可思议的是新鲜小杂鱼的价格每千克还不到2元钱，而其中的原因则是养殖场无法就地加工。据说，当地人收购的小虾经过初步晾晒加工，拉到内地再经过烘干等加工处理之后价格就翻几十倍，并且出口到韩国、日本等国。胜利水库每年出产这样的新鲜小虾在200吨以上。我还错过了另一个看点——大螃蟹。在9月结束的螃蟹捕捞季节，胜利水库捞出了170多吨螃蟹，最大的单只螃蟹重量有400克。而螃蟹落户胜利水库才不过四年时间。

高志勇说，捕捞小杂鱼和螃蟹用的是地笼和网箔，小杂鱼和螃蟹一旦钻进去，就出不来了。捕捞人员知道多长时间该收地笼和网箔。最好玩的是螃蟹，一出水面到处乱爬。

胜利水库也是塔里木灌区水管处胜利养殖场所在地。水库内放养有草鱼、鲢鱼、螃蟹，还有野生鲤鱼，以及其他小杂鱼、虾等。

虾米和螃蟹固然有意思，但是，对我而言，由于它们营养价值太高，我还是喜欢鱼，尤其是大草鱼。

在当地都知道胜利水库出产的鱼美，美的原因是因为水源来自塔里木河上游无污染的雪水。胜利水库的水质异常清澈，水下一两米深处的水草清晰可见。茂盛的水草成了鱼儿的美食，几百克的鱼苗投放到水库，不用饲喂，几年时间就长成了大鱼。而我感觉最突出的就是用这里的鱼做出来的菜肴，肥而不腻，丝毫没有淤泥味。

草鱼俗称"海龙王"，意思是说，草鱼力量人，不容易逮。胜利水库捕捞大草鱼的方法是用网帘宽近十米，长百十多米，网眼宽度可以使3千克以内的小鱼自由通过的黏网。小鱼可以自由穿梭，大鱼一旦误入其中，向前吧，网眼太小身体过不去，向后退吧，鱼鳍和鱼鳞则成了障碍，这时候凶猛的草鱼也只好认命了。我采访时，胜利水库今年已经捕捞出150吨大草鱼。

谁能够想到在塔里木盆地还有这样一番江南景象呢？

大漠鱼宴

据说，阿拉尔市是在塔克拉玛干沙漠中修建起来的，市内有号称亚洲最大的广场。隆冬季节，我来到阿拉尔市，塔里木盆地无雪的冬天冻僵了广场上浮着一层沙尘的绿地，我想走进阿拉尔市周围的沙漠，寻找阿拉尔人在沙漠中建立一座城市的理由，还没有走出城市，阿拉尔市的鱼宴就给出了答案。

沙漠和鱼类，一个干旱，一个滋润，多数情况下人们很难将两者联系起来。但是，阿拉尔市却做到了。徜徉在阿拉尔市街头，我惊讶地发现城市里鱼类餐厅特别多。如果你想在当地最好的餐厅品尝鱼的美味，你首先要多带几个朋友，因为餐厅里最小的鱼也在3千克以上，12块钱一千克，一两个人吃一条这样的大鱼，免不了有些浪费。

抵达阿拉尔市的头一天晚上，由于时间太晚，我们没有同当地有关部门联系。同行说这里的鱼特别好，来到阿拉尔不品尝一下鱼宴，会后悔的。于是，我们来到当地一家颇有名气的餐厅。点菜的时候遇到了麻烦，餐厅的鱼是活着整条卖的，称好之后再宰杀，然后，用鱼的不同部位做成各种菜肴。我们只有两个人，最小的一条鱼也接近4千克。连续换了两家餐厅，总算找到一条3千克多一点的小鱼。这里的鱼味道的确不错，只可惜我们眼睛大，肚子小，最后还是浪费了接近一半香喷喷的鱼菜。

第二天中午采访结束后，相关部门邀请我们在职工食堂吃便饭。哇噻，一条鱼，一桌子菜，大漠之中的阿拉尔市就是这样让人吃惊。

或许是鱼大的原因，盛放鱼菜的盘子、钵、碗等餐具也出奇地大。大漠之中，大块鱼肉配以大的餐具，白得像牛奶一样的鱼汤，金黄色的干炸鱼块，白嫩的炒鱼片，圆溜溜的鱼丸子，清蒸的、红烧的、甜的、麻辣的等鱼菜，时间不长就摆满了一桌，由不得你不食欲大开，饭量陡然大增。

鱼，被归之于海鲜之类。品尝鱼类，首先追求的就是一个"鲜"字，这也正是前一天晚上，我们点菜时遇到麻烦的原因，回想起当时我们埋怨餐厅生意做得如此"死板"，竟然不知道灵活地将大鱼切开，按照顾客的需要做菜，现在我们才发现误解了餐厅的老板。他们是生意人，自然明白顾客是什么，他们为了保持餐厅的品牌，为了让所有顾客品尝到真正的活的新鲜鱼，尽管他们想做我们的生意，最终他们还是深表歉意地拒绝了。

塔里木水管处老干部于秀学说，不了解阿拉尔市的人，总觉得阿拉尔是一个干旱缺水以棉花为主的新兴城市，实际上，从20世纪60年代以后，阿拉尔周边的垦区，就先后修建了三座大型平原水库,也就是从那时起,塔里木盆地掀开了大规模人工投放鲤鱼、草鱼、花白鲢鱼等鱼类,让不同的鱼种自然生长的历史。

阿拉尔周边水库的来水主要是塔里木河、和田河、叶尔羌河等无污染的河流,水质好,鱼肯定鲜,用鲜鱼做出来的菜肴当然不赖。因此,在大漠之中的阿拉尔市品尝最好的鱼宴,早已经成为外来者首选的特色。

塔里木的荷塘景色

途经农一师上游水库附近,路旁边一个干水塘中两个正在挖掘淤泥的身影引起我的兴趣。走到跟前,我惊讶地发现,他们挖掘出来的竟然是白生生的莲藕。而附近类似的干水塘还有许多,莫非它们都是荷塘?两人中年纪稍大一些的老者,弯腰从潮湿的淤泥中抠出一根莲藕说:都是莲藕。

说话者叫曹家松,1996年来到塔里木灌区落户在灌区上游水库,由于在老家种植过莲藕,曹家松落户后没有几年,便承包了上游水库水管部门的水塘,搞起了莲藕种植,目前,上游水库附近种植莲藕的人家为数不少。曹家松就种植着18亩莲藕,莲藕的产量每平方米最高可以达到10千克,一般的也在6千克左右。

曹家松说，只要有水，土地不咸，温度适宜，肥料跟得上，莲藕就能生长。

每年清明节之后，塔里木灌区的种植户就开始种莲藕了。曹家松的水塘面积大，因此，除了长期雇了一个工人之外，种莲藕的时候还要临时找几个帮手。俗话说：藕头往前窜。种植莲藕时，最关键的是莲藕的顶部不能有损伤。藕头断了，或者有损伤，即使把莲藕种下去，莲藕也不能正常生长。

种莲藕的方法很简单，按照每株1米的株距，1.2米的行距，挖开淤泥把上年留做种的莲藕茎埋进泥土里，然后，给荷塘灌上水就可以了。荷塘了的水深不能超过1米，超过1米，水温起不来，影响莲藕的生长。塔里木的荷塘到6月荷花就开了，荷花一直可以开到8月底。由于前来观赏荷花的人特别多，所以这个时期，荷塘的主人也特别操心。荷花和荷叶一般不能折断，断了，空气进入水面下的根部，莲藕就停止生长。但是，总有一些爱荷花的人，忍不住要拔荷花，当然，还有一些亲朋好友开口要的。给吧，影响莲藕产量，不答应吧，面子上又不好看。

前几年，曹家松的荷塘每亩还能收几千克莲子。莲子是好东西，一千克可以卖到35元以上，还有最珍贵的莲心，数量虽然少，但是，一千克在百元以上。可是就因为管理不过来，无法阻止爱荷花人的举动，这几年，曹家松索性放弃了采莲子和莲心的念头。

9月5日前后,将荷塘的水排干,等到淤泥半干的时候,就可以挖莲藕了。挖莲藕不像挖其他块茎作物那样,集中几天时间全部挖出来。有人要了,要多少挖多少,现挖现卖。塔里木灌区的莲藕一般在一月迎来销售旺季,种植户们为了便于隆冬季节挖莲藕,常常在荷塘上遮盖稻草、芦苇等,如此,可以保证地面不冻结。

道别曹家松的时候,他非要送我几根莲藕。他说塔里木的莲藕和内地的不一样,这里的水质特别好,所以莲藕口感也特别好。我想接受他的馈赠,无奈路途太遥远只好作罢。曹家松又热情地邀请我明年荷花开的季节,一定要来看看塔里木的荷花。

他认真地说:你来吧,我给你拔荷花,又鲜艳、又香的大荷花。

塔里木俊枣红得像玛瑙

南疆的水果名扬天下,苹果、梨、桃、杏等等,南疆也出产红枣,但是,你见过像库尔勒香梨一般大小的红枣吗?日前,我在农三师五十团采访时就见到了这种奇特的大红枣——俊枣。

俊枣不但个头大得出奇，其色泽和口感也堪称一绝，难怪五十团干部张秀丽出口成章道出俊枣的特点：红似玛瑙，甜如蜜；大如鸡蛋，脆如梨。张秀丽所说的只是鲜俊枣的特点，我在品尝了刚刚晾晒的干枣之后，也想说点什么，想了半天，也找不到确切的词句，只好连连说出一连串好。

五十团位于巴楚县东北部70余千米的其盖麦旦镇，当地很早以前就种植着一种名叫"恽枣"的小红枣，这种红枣个头虽然不大，但是，甜度却超出了人们的想象，当地还有"一日食三枣，百岁不显老"之说。数年前，五十团职工马占虎思索着在这种小枣上搞点名堂，无奈这种小枣产量太低。后来，他从内地引进大枣新品种俊枣，并且将引进的俊枣与当地小红枣嫁接。2003年秋天，马占虎发现自己的枣园子里的红枣发生了奇怪的变化，几棵嫁接较早的枣树上竟然红彤彤地挂满一种葫芦状的大红枣，邻居们看到马占虎的大红枣也很惊奇。马占虎自己尝了尝枣的味道，香甜可口。他还是有些不放心自己的口感，于是，摘了一些大红枣请大家品尝，结果没有一个人不说好的。马占虎成功了。

2004年春天，马占虎把自己的25亩枣园全部进行了嫁接，我采访时，马占虎的枣树已经迎来了盛果期，平均每棵俊枣树收鲜枣30千克。价格也不错，半干的红枣每千克就得20多块。

马占虎站在晾晒俊枣的大棚下面,指着木架子上犹如玛瑙一般泛着光泽的大红枣喋喋不休地说着俊枣的优点:俊枣可开胃健脾、补中益气,食后可延年益寿,俊枣还含有抗癌物质环磷酸腺苷成分。俊枣抗盐碱、耐瘠薄、挂果早、果个大、肉多核小、产量高,当年栽植,当年见果。适于平川丘陵,是大田栽植的好品种。鲜食口感极好,特甜无渣,抗病能力强,极耐储存,既能鲜食又能干晒等等。

巴楚野蘑菇半个木耳

我在农三师四十九团、五十团等地采访,在当地被视为珍品的一种野蘑菇引起我的兴趣,这种蘑菇长得很奇特,蘑菇的顶部是黑褐色的木耳状,整株形状就如同蘑菇上面嫁接了木耳一般。

巴楚野蘑菇形状奇特,用于做菜感觉更奇妙。正如四十九团宣传科科长陈超松所说的:巴楚野蘑菇不论炒菜、炖汤,还是配菜,都是罕见的美味。巴楚野蘑菇风味独特,形状奇异,其生长环境也非常特殊,这是一种生长在沙漠中的蘑菇。

巴楚野蘑菇生长在极度干旱的塔里木盆地西部,因此,在当地流传着这样一句话:只要叶尔羌河跑水了,就有野蘑菇。意思是说,叶尔羌河只要发大水,洪水溢出河道流进原始胡杨林里,大水退去以后,巴楚野蘑菇就成片成片地从沙漠中冒了出来。而在正常年景,每年四五月间,气温达到一定的高度,如果有雨水,哪怕是零星的雨滴,巴楚野蘑菇也会迅速成长起来。

陈超松还记得他小时候,以及任教师期间带领孩子们在沙漠中的胡杨林采集野蘑菇时的情景。那时候野蘑菇非常多,在胡杨林里转一圈就能采半面袋蘑菇。巴楚野蘑菇是成片分布的,即使最没有经验的捡蘑菇者,有过一次捡蘑菇的经历,也会找到捡蘑菇的诀窍。四十九团、五十团等地位于巴楚县叶尔羌河下游区域,这里原始胡杨林密布,每年秋天,金黄色的胡杨树叶犹如艺术大师们在沙漠林间的巨幅作品,厚厚实实地铺满已经进入旱季的林间沙漠。在秋天这些落叶是沙漠中一道美丽的风景,经过一个冬天塔里木盆地的小动物的践踏,风沙的侵袭,以及微量的雪花的浸润,这些曾经美丽的树叶就变成了巴楚野蘑菇赖以生长的养分,因此,巴楚野蘑菇也有胡杨蘑菇之称。

捡蘑菇的人进入有蘑菇的林地,随手捡一截胡杨树枝,一边走,一边用树枝扒开浮在沙地表面的树叶,如果有蘑菇,你就能够发现巴楚野蘑菇几乎与木耳一样的黑色褶皱伞盖,而沙土下面,则是巴楚野蘑菇下粗上细,中空的乳白色菌柄。新鲜的巴楚野蘑菇简直就像沙漠孕育出的精灵一样令人爱不释手,你会惊诧于干旱荒凉的沙漠,充满阳刚之气的胡杨树,野性十足的塔里木盆地怎么会为世界供奉出这样精美绝伦的艺术品,你甚至会因此忘记了巴楚野蘑菇是一种野生菌类,是一种不可多得的美食。

近年来,巴楚野蘑菇开始走出塔里木盆地,走向了广阔的市场。特别是巴楚野蘑菇注册商标之后,巴楚野蘑菇的包装加工等都发生了变化,目前,当地除了有巴楚野蘑菇干品销售之外,还出现了罐装巴楚野蘑菇。

陈超松告诉我,今年巴楚野蘑菇的干品每千克在300元上下,我随后在市场上连续问了几家销售巴楚野蘑菇干品的商贩,最低价格每千克也在380元,由此可以看出巴楚野蘑菇的价值所在。

据说,有专家曾经试图人工繁育巴楚野蘑菇,但是,都失败了,这也是这种奇特的野生食用菌珍贵的主要原因之一。

南疆第一温泉——铁热克

拜城县西北方40多千米的天山中部有一条蜿蜒的大峡谷,谷底是奔腾的卡普斯浪河,据说,在卡普斯浪河的枯水季节,沿着峡谷可以通往天山另一侧的昭苏县。

峡谷入口处,分布着密集的温泉群,一年四季,卡普斯浪河贪婪地将大部分温泉淹没在了水下,留在河边的几眼温泉,似乎是卡普斯浪河有意所为,它们常年不息地流淌着滚烫的泉水,引诱着人们来到这里。

悬崖上的墓葬

沿着刚刚贯通的矿区公路,只用了半个小时,我们便从拜城县赶到了温泉所在地。我们是冲着温泉来的,然而,首先吸引我的却是山谷中奔涌而出的卡普斯浪河河水的颜色:河水竟然是绿色的。我在河边想找些河水发绿的线索，不经意间，一抬头，发现温泉正对着的数百米高的悬崖峭壁的顶部有一个人工建筑。

多年在当地工作的温泉疗养所负责人张贵新说，悬崖上的建筑是古墓葬，前来温泉的年轻男子，洗浴期间，常常从正面爬上悬崖，在上面系上一些彩色的布条。

是谁在悬崖顶部留下的墓葬，他们为什么把死者葬在如此高的地方呢？我决定登上悬崖看个究竟。

同伴们也想上山，满足好奇心。但是，举头望了一会儿令人目眩的山崖，如何爬上悬崖成了一个让人发怵的问题。同伴们接受了张贵新的建议：绕到悬崖的侧面，从山谷的另一面登顶。

我在悬崖下面观察了一会儿，思忖着既然别人能够从正面爬上悬崖，我为什么不可以试一试？我决定从悬崖正面直接登上悬崖。

我手脚并用爬到半山腰位置，回头扫了一眼身后的河谷，有些后悔自己的选择了。无奈山体太陡峭，于其返回，不如继续攀登容易，何况这样半途而废，免不了要给陪同我采访的同伴留下笑料，我只好抑制着心底的恐惧，顾不得坚硬的岩石可能划破身上的皮衣，硬着头皮，手指抠着上方的石头，一点一点向上挪动着，爬上了悬崖。

悬崖上的人工建筑不是墓葬,确切地说建筑只是一个人工堆砌的石碓。石碓上插有木棍树枝之类的东西,树枝上系着一些彩色布条,从石碓所在的位置和形状来看,这个石碓带有明显的草原"敖包"痕迹。

从侧面观察石碓面向河谷部分,我发现了一个有趣的现象。人工堆砌的石碓实际上是依托悬崖边缘一块高度接近两米的天然圆柱形石柱建成的。如果没有人工堆砌物的影响,从温泉所在的位置观察这个悬崖,悬崖顶部竟然居高临下耸立着一个石柱。这种奇特的自然景观,对于在温泉中洗浴的人而言,难道不是一种启发或者暗示吗?

石碓后面相连的另一座山峰顶部,有一个同样的石碓。这进一步证实了我的推测:石碓就是类似草原上的"敖包"一样的堆砌物,是萨满遗风的具体体现。

温泉四季

铁热克温泉所处的方位虽然很偏僻,但是,这个温泉的名声却非常大。

据说,最早发现铁热克温泉的是一个牧羊人。有一年,牧民春季转场时节,有个年轻牧羊人赶着羊群,走到山口附近,突然遭遇罕见的暴风雪,就在牧民绝望之际,他惊讶地发现卡普斯浪河边那一团一团的水洼，冒出了腾腾云雾。随着气温不断下降，云雾也越来越浓密。

牧羊人拖着几乎冻僵的身体，赶着羊群小心翼翼走进云雾，"扑通"一声，不小心竟然掉进了一坑热水里。

牧羊人和羊群就这样躲在温泉里度过了劫难。重新上路的时候，牧羊人发现自己的身体轻松了许多，尤其是腿疼的毛病，不知道什么时间痊愈了。于是，一传十，十传百，温泉能够治疗疾病的传说，在民间传开了。岁月流逝，铁热克温泉的名声越传越远，最终在南疆各族群众中铁热克温泉有了"圣泉"的美誉。

每年春季，喀什、和田、阿克苏、巴州、克州的棉花等作物种植完成后，许多家庭便乘农闲时节，带着馕，赶着毛驴车、马车，甚至徒步踏上了一年一度的洗沐温泉浴的路。

张贵新告诉我，2000年以前，每年4月中旬以后，温泉就渐渐热闹了起来。到5月中旬，温泉所在的卡普斯浪河两岸扎满了临时营地，前来沐浴的人们，以泉为家，以馕为食物，少则十天半个月，多则一两个月泡在"圣水"中。由于来者过于集中，温泉泉眼有限，有些人便在泉边挖出大大小小的坑。等温暖的泉水流进坑内，人们便跳入坑内，尽情享受了。

拜城县旅游部门投资开发温泉之后，铁热克温泉的接待能力得到大幅度提高，目前，这里一年四季都可以接待游客。

其中,隆冬季节在室外游泳池沐浴温泉,水面云雾缭绕,寒气袭人,水里温热宜人,果然是别有一番滋味在心头。

我观察了几个温泉出水口的情况,铁热克温泉水没有一般温泉的硫磺味,泉眼和泉水流过的地方有铁锈沉淀物,说明泉水矿化度较高。

据介绍,铁热克温泉对人体多种皮肤病、关节炎以及在皮肤美容、消除疲劳、恢复体力等方面的医疗保健功效显著。有些人尝试饮用温泉水治疗某些体内疾病,结果出现腹泻现象。

石头上的脚印

卡普斯浪河是一条发源于中天山冰川的大河,河水穿越拜城县境之后,汇入了阿克苏河。据说,卡普斯浪河中游的河滩卵石以及岸边的石头山体上分布有许多类似人类留下的脚印凹陷,当地人称之为卡普斯浪河石脚印。

那么究竟是什么样的人有如此大的力气,能够在坚硬的岩石上留下脚印? 这些脚印背后隐藏着什么样的秘密呢? 恰好不久前,我看过一个揭秘某地花岗岩上出现类似缸形孔洞的电视节目,那么卡普斯浪河沿线石头上的脚印,会不会也是自然的造化呢?

拜城县委宣传部干部刘斌是一个非常敬业的年轻人,他在给我介绍卡普斯浪河石头上的脚印时的神态和语气,就如同向我推介宣传他自己的某种产业一般。由此,我推断他是一个在睡梦中还在思考工作的人。

第一个石头脚印,同时,也是我们此行见到的最形象的石脚印,位于卡普斯浪河河谷,接近天山山口部位一块巨大的卵石上,从水渍的痕迹上来看,如果遇到卡普斯浪河大汛,这块巨型卵石和石头上的脚印将会被洪水淹没,石头脚印尺码大概在37码左右。

蓦然看到卵石上的脚印,任何人都会在惊讶之余,产生一系列不着边际的遐想。因为这个留在石头上的脚印,就如同我们不小心踩到软泥上留下的痕迹一模一样。也正是这个原因,有关这个脚印的来历,在当地民间便衍生出了许多故事,其中,最有意思的一个传说,说的是这个脚印是孙悟空留下来的。似乎是为了印证这个传说的真实性,刘斌告诉我,卡普斯浪河上游的一个高山上,还有一个脚印。也就是说孙悟空从这块卵石上,一步就迈到了十几千米外的高山上。

如果卡普斯浪河沿线只有这两个所谓的石头脚印,我们可能很难解释其形成的原因,好在距离石头脚印不远的卡普斯浪河上游山口处的山体上或岩石上,几乎随处可见类似的大大小小凹槽,这种现象为我们揭开石头脚印之秘提供了途径。

卡普斯浪河沿线的山体，主要是由泥岩构成的。资料显示，泥岩是一种层理或页理不明显的黏土岩。矿物成分复杂，主要由黏土矿物组成，其次为碎屑矿物、后生矿物以及铁锰质和有机质。质地松软，固结程度较页岩弱，重结晶不明显。泥岩的这种特性，决定了这种岩石很容易在外力的作用下发生蹦解，融化。于是，我们就不难理解卡普斯浪河沿线的岩石上为什么会出现如此之多的凹陷了。

在长期的自然演化过程中，卡普斯浪河沿线山体的泥岩在雨水、风、光热等因素的作用下开始风化，溶解，其中，形成石脚印部位的泥岩岩体过于松软，岁月的痕迹首先就在这里表现了出来。于是，卡普斯浪河沿线的泥岩上便出现了"石脚印"。

刘斌说，除了我这个"土专家"之外，还没有专家考察过卡普斯浪河石脚印，他同意我的观点。随后，他又幽默地补充说：这并不影响来到这里的人们通过想象，继续演绎自己心目中有关石头脚印的故事。这正是生活的魅力所在。

显然，刘斌依然在为宣传卡普斯浪河的石脚印做着努力。

峡谷里的秘密

在悬崖上俯视卡普斯浪河大峡谷，从温泉所在的峡谷入口处进入山谷不足200米，山谷便出现了一个狭窄的"S"形转弯，这似乎是大自然设置的一个障眼法。我可以看到卡普斯浪河闯出峡谷泛起的白浪，可以听到消失在"S"形山谷的卡普斯浪河水拍打岩石的声响，却无法继续用目光探寻峡谷深处的秘密。

张贵新同样对峡谷充满了好奇，他曾经跟随牧民骑马进入峡谷30多千米，后来，由于身体原因不得不遗憾地结束了探寻活动。不过，在与牧民的一天一夜的接触中，他从牧民口中了解到了许多有关这条天山峡谷的情况。

进入峡谷50千米左右，在山谷一侧的半山腰间还有一个很大的温泉，泉水也汇入了卡普斯浪河。也就是从这个地方开始，清澈的卡普斯浪河水渐渐发生了变化。也就是说卡普斯浪河水发绿的原因，与峡谷中活跃的温泉现象有直接联系。

沿着峡谷继续向前，峡谷逐渐开阔起来，随着地形变化，峡谷中的植被也相应茂盛起来，地表是绿莹莹的草地和灌木，高处则有山杨树，有的地方还有松树。牧民走到这里便安营扎寨了。

相传这条峡谷曾经是条通向伊犁河谷的古道。张贵新特意请教了峡谷中的牧民，牧民们对古道之说虽然不能肯定，但是，他们却肯定地告诉张贵新，大概在2002年前后，有一个大胆的牧民来回用了10天时间独自穿越了峡谷。刚开始许多牧民不相信这个人真的翻过雪山，进入了伊犁河谷的昭苏草原，但是，这个牧民却赶回来一群绵羊，羊的品种不是拜城县绵羊。

张贵新估计，这条峡谷即便不是一条古道，也可以通向伊犁地区的昭苏县。

姑娘的泪水

在前往温泉的前一天，拜城县史志办的一个朋友告诉我，温泉附近的高山上，发现了一个古代遗址，经过实地考察，他判断遗址可能是景教遗址。

这个发现对我来说太有诱惑力了。从悬崖上下来之后，我建议大家立即按照史志办的朋友提供的方位，寻找遗址。张贵新却提出了反对意见，因为他对这一带太熟悉了，如果附近真有什么遗址，很可能就是指我们刚刚登上的悬崖上面的石碓。

我有些不甘心，趁着大家休息的时间，独自向悬崖相对的高地上的一个山谷走去。登上山谷入口处,眼前的山谷不过是两山夹峙的缓冲区罢了。要想进入山谷,实际上就是再爬一次大山。

山谷一侧延伸出一根白色塑料管,这是一根供应温泉景区的自来水管。或许是条件太简陋的缘故,管子和管子的接头部位多多少少都向外渗漏着白亮亮的水,敏感的植物随即占据了这些生存空间,沿着管线形成了一条植物带。顺着水管,转过一道山脊,山谷消失了,整个地貌变成了一个环行山间盆地。盆地中随处可以看见形状奇特的石头,有些石头上形成的凹槽,就如同人类留下的脚印。

不远处的山腰间有一片湿润的红土,爬上去看一看,是一眼泉水。返回温泉以后,我才知道无意间我拜谒了传说中的泪泉。

泪泉在当地有两个内容相似的传说:很早以前,有个妇女带着孩子居住在卡普斯浪河边,并且担负着给河边高地山谷中的部落做饭的工作。一天晚上,其他部落偷袭了妇女所在部落的营地,杀光了所有人。早晨妇女前往营地送饭,发现整个部落的人都被杀了,大哭不止,妇女的泪水化成了泪泉。

另一个传说是这样的:温泉所在地是一个游牧部落的春牧场,一天,这个部落的一个妇人在河边支起炉灶,刚刚把新鲜羊肉炖在锅里,另一个部落向他们发动了攻击。两个部落的人马在河边厮杀着,踏伤了善良的妇人,掀翻了沸腾的肉锅,滚烫的肉汤倒在地上,形成了温泉。不久,战场转到河谷上方的山谷中。伤心的女人追踪着自己的部落,来到温泉南面山腰处的山谷,此时,部落的人已经全军覆没了,妇女哭泣的眼睛化做山腰处的一眼清泉,泪泉的泉水就是妇人的眼泪。

相传,泪泉的泉水对治疗多种眼睛疾病有特效,因此,来铁热克温泉洗浴的人们,除了泡温泉浴,拜谒悬崖上石碓以外,都会来到泪泉,用泉水洗眼睛,临走之前,还常常用各种器皿带走一些泪泉水。

传说免不了有许多想象的成分,至于泪泉是否能够治疗眼睛疾病,从我对泪泉的观察来看,泪泉同样是一眼温泉,只不过泪泉是一个低温温泉罢了。由此看来,泪泉水能够治疗眼部疾病的说法的确有一定道理。

塔里市盆地的野性

夕阳放大了塔里木盆地空气中的尘埃,世界陷入蛮野的苍茫。暗红色的天空,暗红色的芦苇丛,暗红色的红柳,迷失在远方的土路,萦绕在鼻息间的烧烤和柴草的味道。潜伏在我魂灵深处的野性复活了。

这些文字是10月29日傍晚,我在阿瓦提县南部30多千米的荒原上即兴记录下来的感受。这种感受,既属于我这个外来的生命个体,属于欲摆脱烦恼回归自然的我的几个朋友,又属于深秋浩瀚的塔里木盆地。

当天上午,我在阿瓦提县采访,陪同我的一位当地朋友邀请我,下午一起到荒原上轻松一下,具体内容是模仿古代刀郎人的烧烤活动。刚开始我有些犹豫,因为,在我心目当中,塔里木盆地的荒原,除了让人愁苦的沙土、盐碱和干旱之外,根本没有值得可欣赏的地方。勉强接受邀请,驱车一个多小时抵达目的地,我立刻意识到自己差点错过了一次与塔里木盆地面对面的机会。

　　同伴们立即忙开了,宰羊,挖烧烤炉子,捡柴火,削穿肉的红柳条。我是客人,无需忙碌,约上一位女同伴,沿着一条不知道通向哪里的小道,漫无目的地向前,也可能是某种倒退,径直走去。

　　路很长。路边茂盛的芦苇似乎倾听着来自地下,或者路上的声音,纹丝不动地陪伴着沉默的长路。塔里木盆地在我的视野中膨胀到了极限。我们走进一个既没有开始,也没有结尾的空间。沟壑中惨白的盐碱,心怀不轨地觊觎着高高的芦苇。其实,结局已经非常清楚了:即使再过一万年,盐碱也不可能长成芦苇。

　　红柳避开芦苇和盐碱之间的恩怨,在平坦的荒原上与梭梭窃窃私语。塔里木盆地足够宽广,天高到令人眩晕的程度,要燃烧,尽管燃烧。想疯狂,尽管疯狂。欲撒野,尽管撒野。还有什么过不去的坎,解不开的结?公平的春光,公正的秋霜,不偏不倚的大气,塔里木盆地赋予了所有物质相等的机会。

　　女同伴说,她希望就这样一直走下去。饿了说几句话,渴了同样说几句话。然后,彼此沉默不语,继续走下去,最终成为塔里木盆地真正的一分子。

　　幸好这不是爱情电影里的台词,同伴不是掉入爱河的女主角,我也不是编剧拼凑起来的男人。我们是在塔里木盆地一隅的某条小路上。然而,令人奇怪的是我竟然也产生了与同伴一样的感觉。这种想法就像真实的塔里木盆地的傍晚,以一种难以驾驭的狂野,席卷大地。

潜伏在我魂灵深处的野性,赤裸裸地跳了出来。塔里木盆地的秉性,确切地说是塔里木盆地的野性暴发了。芦苇、骆驼刺、梭梭、红柳,包括空气和大地,无所顾忌地展示着野性之美。我的魂灵冲撞着,挣扎着,试图挣脱紧紧包裹着肉体的皮囊。

那么我们应该遵守的道德操守去了哪里?如果继续下去,谁该为可能发生的事情负责?我惊恐地观察着我自己。

通红的夕阳跌进天际的雾霭。苍茫天地,释放出朦胧的混沌之色。芦苇丛发出一些响声,迅速模糊了叶子和茎的界限。茂盛的红柳瞬间簇拥在一起。大地隆起无数化不开的暗红色颜料团……我们进一个巨大的怪兽体内。新生和腐朽,生命与死亡,崇高和卑鄙,希望与毁灭,阴与阳,盛和衰等等这些平日里对立的东西,在怪兽体内纠缠在了一起……塔里木盆地的夜晚降临了。

远方亮出寂寥的灯光。那是文明的曙光?回头观望我们曾经走过的长路,夜茫茫,野茫茫。我渴望拥有塔里木盆地的野性。但是,我们毕竟生活在文明社会。一个野性之后的理智,诞生的文明世界。

燃烧的红柳

　　长期以来，我一直以为红柳名称的由来是源于其红色的花，以及暗红色的树皮。初冬时节，我在库车县采访，原野上成片火红色的红柳滩，让我恍然醒悟，红柳叶子一旦红了，整株整片的红柳就变成了通红的火焰。

　　红柳是新疆荒漠盐碱区域典型的植被，生活在新疆的人因此常常将胡杨比喻成西北的男子汉，把红柳视为女性化身。这种比喻既贴切又恰当，现有研究认为，女性承受苦难的忍耐力，往往强于男性。我所见到的情况似乎也印证了这个道理。在塔里木盆地失去水的滋养，铁骨铮铮的胡杨很快就死亡了，但在死亡的胡杨林中却依然可以看到红柳火一样的花枝。

　　植物花开时节繁花似锦，往往给人一种"闹"的感觉，不过，从某种意义上来说，这种"闹"却有真假之分。有一种小动物能够区别哪些花卉是真闹，哪些花卉是假闹。这种小生灵就是蜜蜂。因为蜜蜂赏花，关注的是蜜和花粉的多少。我曾经做过这样一个观察，沙枣花开的季节浓香四溢，采花蜜的蜜蜂却很少。红柳花红似火，蜜蜂也异常热闹。有一段时间，我对这种现象百思不得其解，请教了一位放蜂人之后，我才豁然明白，沙枣花虽然香，蜜和花粉却很少，而红柳则是新疆重要的蜜源植物之一。

那么深秋初冬季节红柳的叶子为什么变红呢？如果我们稍加观察，就能够发现，进入秋天之后，几乎所有的植物都在发生变化，最明显的变化则是植物的叶子。我查阅了一些资料，总算弄清了其中的奥妙。

植物的叶子里含有许多天然色素，如叶绿素、叶黄素、花青素和胡萝卜素。叶子的颜色是由色素的含量和比例的不同造成的。植物通过这些天然色素进行光合作用，合成有机化合物，转变成植物生长需要的养分。其中，大名鼎鼎的叶绿素就担负着从光中吸收能量，然后将二氧化碳转变为碳水化合物的职能。

春夏时节，叶绿素的含量较大，叶黄素、胡萝卜素等含量远远低于叶绿素，植物的叶片呈现绿色。秋天，随着气温的下降，对光照和温度都极为敏感的叶绿素，其自身合成受阻，植物维持生命分解的叶绿素得不到补充，植物的叶片开始呈现其他色素颜色,这也就是大多数植物的叶子变黄的原因。植物光合作用还产生人们熟悉的淀粉,淀粉转化成葡萄糖,才能保证植物生长。深秋或者初冬季节,天气变冷,植物生长减缓甚至停止,叶子内的水分降低,同时,叶子里的葡萄糖浓度增加,树叶就变成了鲜红色。

在干旱的塔里木盆地,红柳还是一种重要的牧草资源。春夏季节,骆驼非常喜欢采食红柳的嫩枝,红柳生长季节,虽然其他家畜很少问津红柳,但是,到了秋后,红柳的枝叶便成了山羊和绵羊的美味。红柳的花期,根据其分布的地域不同也存在着先后,生长在北疆荒漠的红柳,花期一般在盛夏季节,塔里木盆地的红柳,一般5月下旬就开花了,花期一直延续到9月底至10月初。深秋的红柳虽然无花,但是,红艳艳的叶子,红艳艳的枝干,却将红柳从头到脚,彻底装扮成了荒原上起舞的红色新娘,看到这一幕,谁不眼热?

红柳耐旱、耐热,适应能力极强,寿命可达百年以上。近年来,南北疆各地利用红柳的这些特性,大规模人工种植红柳防风固沙。人们或许没有意识到,红柳在发挥防风固沙的生态效能的同时,还是一道火红色的风景,装点着新疆大地。

吐鲁番:火与冰

入夏以来,吐鲁番盆地经历了持续38天40℃以上的高温天气。2008年7月20日,带着对高温天气的顾忌,以及更多的对这种天气的好奇,我来到吐鲁番盆地。我的身体还在努力适应当天44℃的高温,黑山牧场冷飕飕的冰雪又把我拖入了另一个极端:死寂的荒原尚且在消磨我的意志,转眼之间,我又闯进弥漫着鸟语花香的神仙福地。我不得不在剧烈的反差中,追逐、感受、理解火与冰赋予这片土地的奇妙。

空空荡荡的阿拉沟

托克逊县西面60余千米的地方,有一条叫阿拉沟的山谷,据说,最早阿拉沟曾经是丝绸占道通达南北疆的重要道路之一,并且一直使用到20世纪90年代中期。1996年,一场特大山洪冲毁了山谷中的公路,这条喧闹的古道沉寂了下来。7月21日,我揣着寻古探幽的好奇走进了阿拉沟。

我们的向导、托克逊县畜牧局党组书记王发是个活地图,他生在托克逊县,参加工作之后,先后在水利等多个部门工作过,丰富的工作经历,让他将整个托克逊县的地形地貌都刻在了脑子里。我原计划要去看另一个有趣的山谷,王发建议我走一走阿拉沟,他说,如果现在不进阿拉沟,今年冬天或者明年阿拉沟水库开始修建,阿拉沟将变成一片水下世界,到那时想看阿拉沟也看不成了。

阿拉沟是位于中部天山的一条贯通天山南北的大山谷,沟内有一条年径流量接近1.2亿立方米的阿拉沟河,阿拉沟的中间部位有一个海拔4000米上下的胜利大坂,翻过大坂即可进入巴音布鲁克草原。

我们穿过托克逊县鱼儿沟镇,三拐两转,便进入了阿拉沟。阿拉沟沟口的公路显得出奇地平坦,路上也没有车辆行人。穿过阿拉沟最狭窄的山口,也是即将修建的阿拉沟水库坝址,山谷内出现了包括楼房在内的许多建筑。但是,这些建筑给人的感觉却非常独特,随着道路延伸,路两旁的建筑被甩在身后,这种奇怪的感觉越来越强烈。当又一幢住宅楼出现在我的视野中,我恍然找到了这种感觉的症结所在:所有建筑都是空荡荡的。公路上没有车辆或行人,路边的果园,以及庭院里也没有人影,一切都是那样突然,仿佛在瞬间,生活在阿拉沟里的人们全都消失了,只留下他们曾经居住过的房屋以及果园、菜地等。

这里究竟发生了什么事情,为什么完好无损的楼房竟然空荡荡地变成了风的避难所,还有那些厂房模样的建筑,是谁丢弃了阿拉沟的一切。

阿拉沟曾经是一个繁荣的山沟,在接近托克逊县一方沟内十多千米的区域,沿着阿拉沟河两岸建有多家工厂。1996年夏季的山洪,彻底摧毁了沟内的公路,同时,由于另一条更加便捷的穿越天山通向南疆的公路甘沟路段贯通,水毁的阿拉沟已经没有必要修建,按照现代交通的概念,阿拉沟变成了一个死胡同。20世纪90年代后期,位于阿拉沟沟口附近的火车站迁往库尔勒,加速了阿拉沟衰亡的进程。2000年前后,沟内的小火电厂关闭了,失去电力供应的煤矿、企业等先后解散或者选择了搬迁。

托克逊县是个严重缺水的县,在阿拉沟修建一座调节型水库一直是当地人的一个梦想。2007年,阿拉沟水库坝址选定之后,最后一些留守在阿拉沟内看守果园以及厂房设备的人,意识到再也没有必要坚守下去了,随着他们的离开,阿拉沟变成了一个真正的"鬼谷"。

王发说,阿拉沟水库投资超过3亿元人民币,水库蓄水之后,水库大坝上游工矿企业集聚的区域将完全被淹没。当然,这条通达了上千年的古道南端出口随之也将不复存在。

平坦空寂的公路在一个转弯处突然中断了,我们抵达了水毁路段。前方除了穿越乱石滚滚的阿拉沟河,河两岸高地上破败的房屋建筑之外,洪水已经彻底改变了山谷的面貌。

我们在原地逗留了一会儿,发了一通感慨,离开了阿拉沟。我们不应该忘记这条古人探索出来,曾经为我们作出巨大贡献的古道。同时,我们也应该庆幸,正是有了无数次大胆的自我否定,我们才走到了今天。

芬芳雪莲

海拔3500米左右的砾石山坡上,一个黑影缓缓向下移动着,那是一个从高山上下来的男人。大概在3300米左右,砾石山坡与绿莹莹的高山草甸会合了,草甸上飘动着成片黑色绵羊。我站在海拔3200米左右草甸上,好奇地仰视着那个独行的男人以及男人上方的雪山。

我绞尽脑汁也猜不出这个男人攀登高山的原因。我想待在原地迎接他,但是,寒冷的天气,以及还没有完成的阿魏蘑菇的采访,让我不得不一头钻进身边的蘑菇大棚,一边了解神秘的阿魏蘑菇,一边等待着那个在我看来更加神秘的男人。

大棚里的阴冷,比外面有过之而无不及。匆忙记录完我需要的文字,我逃出了大棚。那个穿着皮大衣的男人,诧异地望着从大棚里钻出来的身着短裤和T恤的我。他似乎要折转方向,避开我这个"脑子"可能有问题的胖子。因为,在黑山草原上没有像我这样穿着的人。即使一个人真的对寒冷无所畏惧,至少也得防备强烈的紫外线。

我向他问着好,主动迎了上去。我发现男人手里提着几株奇特的植物。我脑子里立即跳出"雪莲"两个字。

男人手里的植物果然是雪莲。他说家了有个老奶奶,今年上山之后,腿就开始疼了。他拔几棵雪莲是给老人治病用的。

我说我没有见过新鲜雪莲。他随手递给我一棵说:这棵送给你。

手捧着雪莲,一股浓烈的花香味扑面而来。我真的没有想到盛开在雪线附近的雪莲花,竟然同样具有芬芳的花香。奇怪的是,嗅闻着雪莲花的香馨,我竟然忘记了寒冷。

据介绍,黑山草原是托克逊县的夏牧场之一,距离托克逊县城约130千米,平均海拔超过了3000米。每年6月至9月,托克逊县最炎热的时候,该县两个乡以及国营牧场的数万头(只)牲畜却在这里过着悠然自得的避暑生活。雪莲就生长在黑山牧场海拔3800米以上的区域。

马蜂鸟传奇

  单薄的夏装,让我恨不得立即返回火热的夏季,真的要离开黑山草原,扑进火炉一般的托克逊县城,我又开始踌躇了。不过,托克逊县炽热的荒原总能给人带来一些意外的惊喜。正所谓,塞翁失马,焉知非福。

  大地山川似乎刚刚经历了一场火的洗礼,这些丘陵、沟壑呈现出一种灰黄色。被烈焰烧透的土地则变成了砖红色。大火已经熄灭了,残留在燃烧物中的热量正在向外发散,它们虽然已经无力重新用泥土做燃料,点燃整个世界,但是,这些残余的热量,依然能够轻易灭绝任何鲜活的生命。

  空中没有鸟,大地上没有植被,被风消磨得面目狰狞的山巅,除了一些凝固的造型以外,同样看不到动物的影子。

  我感觉我们乘坐的越野车,似乎也意识到了酷热背后的死亡气息。飞驰,一路飞驰,甩掉车尾紧追不舍的滚滚尘土。地形变成一个宽阔的谷地,地面上出现一些低矮稀疏的荒漠植被。不久,麻黄、梭梭、红柳等植被,就像突然长大了一样,铺满了整个谷地。我们进入托克逊县一个叫"田光地"的秋冬牧场。

  路边飞起几只鸟,它们的翅膀和飞翔姿态,让我误以为是戴胜。陪同我采访的托克逊县畜牧局党组书记王发盯着鸟看了一会儿，肯定地说是"马蜂鸟"。我们的维吾尔族驾驶员扫了一眼这飞翔的鸟，认同了王发的说法。

王发吃惊地说：怎么这么多马蜂鸟。这个家伙可是难得的好东西呀。

原来当地传说马蜂鸟有立竿见影的壮阳效果，是一种罕见的补品。有些牧民常常在秋季捕捉马蜂鸟。不过，马蜂鸟非常聪明，一般情况下根本抓不住。

我对马蜂鸟壮阳的效果表示怀疑。但是，随后了解的一些情况又让我产生了某种联想。麻黄在当地牧场属于中等牧草。秋季，羊群从高山牧场来到"田光地"，畜群除了躲避高山严寒在当地过冬以外，还有一项重要的工作——配种。王发说，羊群吃了麻黄枝叶，显得异常兴奋。他虽然不能确定麻黄对羊群是否具有催情作用，但是，事实就是这样。

据说，马蜂鸟主要是以麻黄种子为食物的。如果依此类推，说不上马蜂鸟还真有奇效呢。

遗憾的是，我查了许多资料，也不知道马蜂鸟究竟是一种什么鸟。马蜂鸟大概是一种地方称谓，至于其通用的学名有待考证。

克尔涧岩画的秘密

托克逊县西部克尔涧山谷两侧的岩石上分布着一些岩画,其中,刻在一块平卧的巨石上的一组岩画,被称为克尔涧水系图(克尔涧岩画)。7月22日,我们从黑山牧场返回托克逊县途中,顺路参观了古人留给我们的这个未解之谜。

我曾经浏览过北疆草原地带分布的大量岩画,也写过一些有关岩画的文字,蓦然见到凿刻在岩石上的线条和杏子大小的圆坑,我有些发晕。

从上到下,仔细观察这幅面积大概10平方米的岩画。随着岩石表面的自然起伏,岩画上部刻画的圆坑以及长短2~4米不等的线条,岩画给人的感觉俨然就是一个清晰的大沙盘。有人统计,岩画上以圆坑为起点展开的线条,总计38条。据说,图上的圆坑是泉眼或水池,线条则是河道图,它们的数量与托克逊县目前的水源和河流数量一致,这正是该岩画被称为克尔涧水系图的原因所在。新疆境内已经发现的岩画,内容大多是一些动物、狩猎场面等。克尔涧岩画的另类内容的确耐人寻味。

沿着这些线条向下搜寻,岩画下部还有一些模糊的动物图案。其中,一只动物明显是北山羊。这个北疆草原岩画中最普遍的动物形象的出现,让我对自己产生了一点点自信。不过，问题随之也来了。岩画上的动物图案非常粗糙模糊。那么是什么原因造成同一幅画中，出现两种不同的风格呢？是年代的不同？还是画作有所侧重？

有意思的是克尔涧水系图相对的河岸台地正面，连绵两千米的范围还分布着大量的洞窟。在河水冲刷下有些洞窟已经倒塌，有的只剩下后半截，还有一些洞窟则完好地保存了下来。这些洞窟距离河床高度一般在1米以上，显然，开挖这些洞窟的人考虑到了预防洪水。站在洞窟前张望内部，洞窟内有类似土炕的突起，墙壁上还有壁龛样的凹槽。洞窟高度一般不超过1.5米，如此矮小的洞窟是做什么用的，它们的年代有多长呢？

托克逊县畜牧局党组书记王发说，洞窟是大炼钢铁年代工人的住房，开凿于20世纪60年代前后。他接着说，克尔涧山谷是牧民转场的传统通道，现在有些牧民转场期间，还常常夜宿洞窟之内。

摄影家、文化学者黄斌对王发的见解提出了异议。去年，黄斌曾多次在克尔涧山谷拍片，他了解到这样一件事情：有人曾经在克尔涧水系图附近捡到过雕刻佛头，以及阴刻大头羊等木雕。联系到当地发现的零星的岩画以及这幅水系图，黄斌认为洞窟的历史年代应该很长，也就是说洞窟很可能与克尔涧水系图有关联。我同意黄斌的见解。

仔细想一想，其实，王发提起转场牧民依然利用洞窟的事情，似乎给我们提供了一些破解这些洞窟年代的线索。它们会不会是古代游牧民留下来的呢？如果是这样，那么这些洞窟肯定与克尔涧水系图有联系。

　　据介绍，有人推断岩画可能完成于公元3世纪。该岩画已经被确定为自治区级文物保护单位。目前，还没有专家对克尔涧山谷，包括克尔涧水系图进行专项研究。人们掌握的信息只是文物普查过程中了解的情况。这既是一种遗憾，对于我们这些外行人也是一件幸运的事。专家没有给出正式答案之前，我们甚至可以将水系图与外星人相提并论，这难道不是一件有趣的事情？

山巅上的雕塑

　　没有到托克逊县之前，我以为这里除了炎热和葡萄之外，没有什么有趣的地方。来到托克逊县，随便走一走，都令我大为吃惊。其中，托克逊县克尔涧山谷两侧，耸立在高天上的自然雕塑就是其一。

　　新疆有许多以怪石沟、怪石滩等类似名称命名的地方。乍一听说，托克逊县也有一个怪石沟，我心里出现一种审美疲劳的厌倦。一路颠簸60多千米，我们从一侧的小山沟蓦然进入克尔涧山谷,山谷两侧陡峭高耸的山体,高山顶部奇形怪状、立体感极强的雕塑群,顿时让自以为是的我失语了。随即,我开始后悔自己没有准备旅游鞋。

同伴们纷纷上山了,几个摄影人则寻找着最佳角度。我无奈地望着脚上的凉鞋。不过,我很快发现了,在山谷中仰视这些自然造化的景物的优势。

人们常说距离产生美感。从山谷仰视山巅嶙峋的怪石,山谷正上方的天空恰似天庭开裂的一道缝隙,或者是天门无意间敞开的一条门缝。透过这条门缝观察高天上的怪石,如同偷偷摸摸欣赏天庭正在进行的一场聚会。各路神仙都来了,他们或者扎堆聊天,或者三两相聚,或者独自沉思,或者还要赶赴另外一场聚会,做出即将飞翔状。我是一个凡夫俗子,能够偷窥仙人们的聚会,我产生了一种妙不可言的心理。

克尔涧怪石山是另类的。确切地说,一时间,我不知道该如何描述这种另类。后来,我突然联想到毕加索的油画。毕加索采用几何图形,并通过这些图形的交错重叠,挑战人们传统的审美观。如果我们把克尔涧山谷上的怪石当成另一个毕加索的作品,那么我们就可以想象怪石的风格了。

按照常理,风蚀等原因形成的所谓怪石山,大多有着浑圆之感,但是,这里的怪石却峥嵘着鲜明的棱角。锋利、坚硬地冲击着我们的视觉和神经。还有一个奇特的地方就是这些怪石基本都耸立在山巅，似乎风这位艺术大师只光顾了山顶，忽视了山体一样。另一个奇妙的地方则在于山的高度。我所处地段的山谷，除了我们进入山谷路段，两山连接部位形成的凹陷，以及对面山体间出现的豁口之外，两侧的山体几乎都是呈刀削状，从河床上拔地而起，直至山腰部位才出现了倾斜。陡峭高耸的山势，给光线创造了淋漓尽致的发挥空间。同时，也给怪石提供了肆意切割阳光的条件。

我在谷底欣赏阳光与怪石的互动，体型与我相似、身躯庞大的摄影家黄斌，不知不觉竟然也成了我眼睛里的风景。不过，黄斌与怪石的风格相距太远，他和我一样，即使最伟大的剪影师太阳，在我们身上也弄不出棱角。这种对比固然有趣，但是，当我意识到黄斌正处在陡峭的悬崖边上，我打心眼里佩服起这个男人。

山谷中风很大，一条小溪无精打采流过裸露着卵石和沙土的山谷，欣赏怪石之余，我担心如此孱弱的溪水，大概不会走多远，就会被干渴的山谷吮吸得无影无踪。两个多小时以后，当我们顺着山谷向下游行驶了数千米，我发现我曾经担心的事情，简直就是现代版的杞人忧天。溪水不仅没有消失，反而随着地势的下降，变成了一条欢腾的河。

新疆就是这样奇妙，每一个地方都有出人意料的东西。

水往高处流

托克逊县克尔涧镇是该县地表水资源最丰富的区域之一,似乎是为了感谢大自然的恩赐,也可能是某种炫耀,就在镇政府附近的公路上,一条溪水上演了一幕惊人的水往高处流的景观。7月21日,我有幸目睹了这个自然奇观。

在前往克尔涧镇的途中,曾经长期在水利部门工作的托克逊县畜牧局党组书记王发给我介绍了这样一些情况。大概在7年前,克尔涧镇民间传出当地一条水渠的水,流经镇政府附近的公路时,在100多米的地段竟然发生了水往高处流的怪事,听到这个消息,王发等人立即赶到克尔涧镇,经过仔细观察,情况的确就像传说的一样,明明是一条上坡,水渠里的流水,却如同下坡一样,哗哗啦啦,径直冲向制高点,然后,流向了远方。

王发虽然有着丰富的水利工作经验,却从来没有见过自然界中水向高处流的怪事,琢磨了半天,大家认为这里很可能就像所谓的"怪坡"一样,是视觉误差造成的。

水好,自然环境当然也不错。我们从托克逊县荒凉的怪石沟,一路冒着40℃多的高温,感受着几乎没有生命气息的雅丹及荒漠、戈壁,突然进入绿树环绕,水网密布,阡陌纵横的克尔涧镇,感觉就像绝望中突然获得解救一般。

垂柳的鲜绿,核桃树的墨绿,杏树叶泛着淡红色的绿,大田上玉米的浓绿等等,大概是要补偿荒原给我们的身心造成的伤害,所有的绿色一股脑都向我们走来。转过一条垂柳掩映的公路,前面出现一座小桥。一条溪水从公路的一边通过小桥,来到路对面,然后,顺着公路方向欢腾地流淌着。王发提醒大家注意公路的高度。随即,我们的车停了下来。

溪水顺着公路一侧的渠道向前流淌了几十米,随着公路转弯,同样转了一个弯,继续保持着与公路并行的线路,流向了远方。

站在小桥位置,观看路面,公路从转弯处明显出现了向上的坡度,靠近镇政府院墙部位,公路的坡度达到了制高点。公路一侧的渠道并没有随着坡度的增加而增加深度,于是,水往高处流的奇怪现象出现了。

大家左看右看,我甚至趴在公路上观察公路和溪水的高度,但是,我们所看到的的的确确就是溪水流向了高处。

我们又来到制高点,回望渠水,感觉更加明显了。有意思的是,不仅公路的转弯是一个不错的参照物,公路转弯处还有一间土房,为我们提供了更直接的参照物。土房明显低于我们所处的公路制高点位置。大家越看越觉得不可思议。即使真的就是视觉误差,为什么又有两个参照物,证实我们所看到的一切是真实的?

我注意到，克尔涧镇位于天山南坡丘陵台地间，联想到去年，我在哈密市体验的天山怪坡现象，两个奇怪的地方都处在山前台地上，如果真的是视觉误差，那么很可能是地形因素造成的。返回托克逊县之后，托克逊县科技副县长张声涛告诉我，克尔涧镇还有一个水往高处流的地方，而且是一条不小的河。

愕然之余，我真的想看一看，一条大河是怎么样冲向高地的。

祖鲁木图沟的秀色

荒凉干旱的大地，光秃秃的丘陵台地，甚至远处天山的主脉也没有任何生命迹象。托克逊县严酷的自然环境熄灭了许多物种的希望，也给我这个不知深浅的外来者的思想上蒙上了浓重的忧患色彩。

我们离开灰蒙蒙的鱼儿沟镇，沿着沟壑纵横、同样荒凉寂寥的大地，径直向祖鲁木图沟前进。据说，祖鲁木图沟是个季节性的牧场。一年当中，除了夏季之外，山谷里没有一个常住人家。说句实话，托克逊县城的闷热，鱼儿沟镇的燥热，荒原上的酷热，让我对这片土地已经失去了信心。我对即将抵达的所谓世外桃源祖鲁木图沟并没报多大的希望。

火车在不远处的荒原上,呈蛇形艰难地爬行着。据说,由于这一带地形起伏较大,火车行进到这里需要兜一个很大的弯子,即便如此,一般的火车也需要两个车头的力量才能把长长的车厢拉出这个区域。

　　我们的越野车在颠簸中转了一个弯,便进入了一个如画一般的山谷。山谷内凉爽湿润的空气、翠绿的林木,尤其是空气中弥漫着的花香气息,犹如一剂解除暑气的良药,让我的身心顿时轻松起来。

　　车刚刚停下来,一群孩子便围了过来。他们好奇地望着我们,随后,几个稍大点的孩子,大着胆子问我们是否需要骑马。他们是当地牧民的孩子,请来到沟里的客人骑马游览,他们可以挣许多零花钱。

　　祖鲁木图沟内的祖鲁木图河,水质清澈冰凉,河岸上分布着茂密的柳树等树木,其间还分布着各色花朵。我爱上了隐藏着生命奇迹的祖鲁木图沟。山谷间红花艳艳的红柳,让我以为花香是来自红柳。折一只红柳花,红柳花香味与空气中弥漫的香明显不同。红柳旁边一种开着的小红花,密集地占据了靠近水边布满卵石的土地。蓦然见到这种植物,我觉得似曾相识,但是,一时间又想不起来了。折一枝小花,原来满山谷飘荡着的香气就是这种植物的贡献。罗布麻?对,是罗布麻。浓郁的花香,叩开了我的记忆。

同伴们听说河边的植物是罗布麻,纷纷围了过来。显然,大家都知道罗布麻的药用价值。

山谷里还有两种稀罕植物——核桃和野杏。它们随意分布在河边或者河边高地上。杏子成熟的季节早已经过去了,青皮核桃则醒目地挂在枝叶间。王发说,这里的核桃既有人工种植的,也有野生核桃。

青皮核桃固然诱人,我觉得草丛里藏着的许多小青蛙更有趣。从它们的体型上来看,这些小精灵从水里的蝌蚪变成小青蛙,然后爬上陆地没有几天时间。有研究认为,青蛙对环境的变迁,尤其是环境污染异常敏感。祖鲁木图沟分布着如此多的青蛙,说明这里的环境依然保持着原生态。

返回托克逊县城之后,仔细回味祖鲁木图沟的景色,除了祖鲁木图沟本身的景色的确引人入胜之外,山沟内的鲜活景象和山沟外面的荒凉形成的巨大反差,无疑也是成就祖鲁木图沟美名的重要原因。

果园里的木卡姆

许多外界人士对新疆的印象是从木卡姆中获得的。仲夏时节,我在托克逊县的一个果园里参加了一场由当地农民演出的托克逊木卡姆演唱会。当天,气温虽然超过了40℃,但是,随着木卡姆旋律的流淌,我很快忘记了炎热。

20多个男女,分成一前一后两排站在一棵古老的杏树下。前排大多数是些老年人,他们要么抄琴,要么拿鼓,要么擎着笛子。乐师们调音发出的声响,仿佛从音箱里偶尔开溜出来的音符,还没有形成旋律便迅速消失了。观众正在陆续赶来。闷热的果园里的盛会即将开始。演员和乐手是郭勒布依乡喀拉布拉克村的农民,他们的领队是同村农民吐尔逊·买买提,观众里面,除了我和几个好奇者之外,主要人员也是同一个村的农民。

闷热的天气,折磨着我的身心,我焦躁地在果园里游荡着。我观看过许多木卡姆演出,诸如哈密木卡姆、刀郎木卡姆、吐鲁番木卡姆等等,托克逊木卡姆大概也不过如此吧。

我走出人群,来到一棵苹果树下。我还在琢磨树上的苹果是否成熟时,木卡姆音乐突然响起来了。它就像从高天滴落的雨滴,清凌凌地落在了果园里。又似乎是从果园里喷涌出的泉水,向世界传递着生命的气息。更确切地说,音乐就来自我的理想世界。来自所有被40℃多高温蒸烤着的生命的理想世界。

我想返回现场,歌声又响起来了。一个女性的歌声,伴随着音乐,在果园里回旋。我突然觉得拉开一定的距离,欣赏托克逊木卡姆并是一件很妙的事情。于是,我随地而坐,用听觉捕捉着音乐和歌声的旋律，开始了一次奇妙的音乐旅行。

有时候，语言的障碍也会成为一件好事。就像现在，我虽然听不懂女歌手唱的具体内容，但是，跳动的音符却弥合了语言障碍，让我立即就找到了歌的主题，并且展开了我想象的翅膀：生命曾经拥有一切美好的东西，亲情、友情、爱情等等。然而，不知道什么原因现在一切都变了，她被搁置在茫茫戈壁。从前的美好时光都成了记忆。回忆只能带来无尽的伤感。

这是一次对生命的锤炼，对忠贞不渝的爱情的考验。黑夜笼罩着天空，寒冷熄灭了大地的生机。不过，生命并没有因此绝望，她正在忧虑中积蓄着，在她的坚守下，希望如同东方的曙光，在黑夜中酝酿。

我把我对音乐的感觉告诉了当地文化人艾拜都拉·安布都拉，他微笑着对我说，音乐是相通的。歌曲的大致内容是游子对故乡的思念，也包含青年人对情人刻骨的思念之意。他接着说，人们也可以如此理解这段木卡姆的主题：托克逊县自然环境恶劣，戈壁、沙漠和干旱，一年四季虎视眈眈地觊觎着这片绿洲。旋律中的"伤感"，实际上是忧患，是生命对这种严酷的生存环境的痛苦思考。

音乐继续在果园里流淌，女人的歌声消失了，代之而起的是一个男声。歌声同样倾诉着一种怀念，或者是某种忧郁。

不久，男子的歌声传递给两个女人。前景虽然渺茫，但是，她们相协相助，相互鼓励，最终战胜了自我，赢得了属于自己，也属于大家的幸福。

悠扬的笛声响起来了。欢快的笛声，改变了主旋律中的哀怨伤感。手鼓敲出激昂的鼓点。两个女人的重唱变成了振奋人心的大合唱。村民们自发地舞动了起来。后排的歌手们，鱼贯而入，也进入舞者的行列。

苦难已经过去了，幸福、团聚以及丰收的欢乐降临人间。木卡姆中的狂欢开始了。果园里的狂欢开始了。我竟然忘记了高温，忘记了是生活在木卡姆旋律的世界，还是在仲夏时节的托克逊县。

南疆第一漂

你想象过在塔里木盆地进行河流漂流是什么情形吗？金秋时节，我在渭干河上游，克孜尔峡谷河段首次尝试了漂流。我立即就喜欢上了这种充满童趣和刺激的嬉水方式。

据说，七八月间，渭干河汛期顺河漂流最有情趣。激流勇进，惊涛骇浪等等，可谓惊险刺激。我爱水，又不通水性，也没有乘坐橡皮艇漂流的经验。九十月间，正逢渭干河枯水季节，面对枯水期依然浩浩荡荡的渭干河，我心里免不了有些发憷。可是穿戴好救生装备，我立即产生了跃跃欲试的冲动。

拜城县委宣传部外宣办公室副主任刘斌知道漂流的妙处，他让我们乘坐大橡皮船，自己拉着一位女士上了一艘只能坐两个人的小船。同伴们玩笑说这家伙心怀不轨，话还没有说完，一个年轻的艄公轻盈地跳上大船，岸上的工作人员松开缆绳，两艘橡皮船便晃晃悠悠向下游漂去。

大船上的一群男人和我一样都没有漂流的经验，当然也不知道其中另有奥妙。大家还在适应初次乘坐橡皮船造成的一些小麻烦,小船却悄悄地靠近了大船,没有等大船反应过来,瓢泼一般的水花突然向我们袭来。刘斌和那位女士,竟然抄着船桨,击打着河面,用水向我们发动了袭击。

冒着喷溅而来的水花,大船上的男人们开始反击了,有桨的使桨,没有桨的用手泼。一时间,笑声、叫声、哗哗啦啦的泼水声,响彻了河谷。转眼之间,形势发生了变化,小船上的两个人成了落汤鸡,大船上的人们虽然在气势上压倒了对方,结果一个个也淋成了落汤鸡。区别只是,大船上的落汤鸡,大多是被自己船上的"水手"们还击时击起的水溅湿的。

值得骄傲的是,上船前的一刻,我突然改变了穿着衣服鞋子漂流的举动。现在好了,大船小船上的人都湿透了,赤条条的我加上一件救生衣,怕啥呢?

刚上船的时候,有些人还担心秋天的河水凉,一通嬉戏之后,包括我在内,大船上的人萌生了下水游泳的念头。掌船的年轻艄公提醒我们,表面上看河水是平静的,但水下却潜藏着危险,有些地方的水深超过了3米。此言一出,大船上的人安静了许多。原来,除了艄公以外,大船上的男人都是旱鸭子。

太阳明晃晃地悬挂在中天,河右岸越过长满红柳的河滩是荒凉的确勒塔格山,左岸是河水冲刷形成的砂岩峭壁,前方,峭壁上依稀可见闻名世界的克孜尔石窟。艄公时不时划几桨,纠正船的航向。漂流不只是一种乐趣和挑战,还是一种思考:逝者如斯夫?

小船渐渐落在我们后面,刘斌吆喝着等一等。我们索性众人划桨漂得更快了。艄公说,前面有两道急流,小船上没有水手,一旦翻船可能有麻烦……经过激流时,我们的船舱仅仅溅进一点水花,便顺利通过了。接下来是一段水流平缓的河段,毒辣辣的太阳烤得人简直有些耐不住了。依仗着身上的救生衣,我骑在船帮上将半个身体浸入河水。这一刻,我甚至期待发生一些意外,感受一番落水的滋味……

大船抵达终点码头,小船还在200米远的上游河面上打转。小船靠岸之后,我们找到了泼水游戏的另一个结果:船舱灌满了水,这也是小船漂得比较慢的原因之一。

树起了"南疆第一漂"牌子的男人叫林人光,浙江温州人,他曾经在雁荡山中搞过河流漂流。前几年,他来到新疆目的就是开展漂流项目,考察了许多地方之后,他选择了渭干河克孜尔峡谷河段。他现在的身份是南疆漂流有限责任公司的总经理。他告诉我,从克孜尔水库大坝开始,到克孜尔石窟下对面的码头,全程9千米的漂流河道,丰水期漂流一次大概需要70分钟,河水流量偏小状况下,用时需要90分钟左右。

温州人的确精明,选择闻名世界的克孜尔石窟为漂流终点。在渭干河上漂流,乐趣远远不只是浏览风光。

苏杭村——一个即将抛弃的天堂

300多年前,一群生活在拜城的人,为了躲避战乱,沿着荒原上的台勒维奇克河向上游走去。随后,这些人就神秘地消失了。许多年以后,人们开始传说,台勒维奇克河上游荒凉的大山中隐藏着一个神仙福地,居住在那里的人们几乎已经忘记了山外面的世界……

2008年9月15日,我们从拜城县出发,一路颠簸,驱车60余千米,穿过一座大山开裂的缝隙,进入了苏杭村。

苏杭写真

我们顺着一列犹如光秃秃石壁般的大山,在死气沉沉的山谷中蜿蜒而行。拉运煤炭的重型卡车碾压起的灰土,给原本已经陷入绝境一般的山地,蒙上一层挥之不去的绝望之色。铁热克镇党委书记李新斌说,山的另一面就是苏杭村。

我不能想象在这个荒芜的世界,苏杭村能够创造怎样的奇迹。我们如何才能绕开这道斜插进大地的石壁般的山体,进入苏杭村。不久,山体走向发生了变化。狭窄的山谷中出现了一个已经废弃多年的煤矿。那些坍塌或者依然保持着形状的地窝子,一座座小山包似的煤矸石,矿井口残破的红砖建筑等等,我产生了一种悲悯之感。

我们的越野车突然向东一拐,陡峭的石壁似乎被某种神秘力量,从根部直到山顶撕开了一道缝隙。通向"天堂"的门仅能通过一辆小型越野车,我尚且担心两山重新合拢,将我们连车带人一起消化成山的一部分,缝隙对面出现一座同样嶙峋高耸的大山。接着,车头向前俯冲而下,我们"掉"进了一个植物的世界。此时,我才意识到石门相对的大山,是苏杭村所在山谷另一面的山体。

在石门附近观察整个山谷,谷地最宽处大约1千米左右,据说,山谷长度大概在15千米以上。河谷中间发出响声的就是台勒维奇克河。两岸依次分布着湿地草甸、原始林、灌木林以及大量不知道是人工所为,还是土生土长的古树。

小蘗的果实红彤彤地挂满了枝头,沙棘果则以一种黄色缀满荆棘丛生的沙棘枝,大果沙枣沉甸甸地压弯了树枝,三两头黄牛站在草甸上想着它们的心事,清澈的渠水穿过柳树丛,悄无声息地流进玉米地,古柳树下面有人家,长腿油鸡在树荫下打着盹,却不见房屋的主人。老的房屋依偎着老柳树。房屋有年头了,老柳树中空了,它们相互搀扶,你中有我,我中有你,情形颇让人感动。

柳树蘑菇

苏杭村名称之中带着江南水乡的韵味,走进苏杭村所在的山谷,现实当中的村庄,水美林深,湿润的空气中流淌着淡淡的苹果香,景色甚至比我想象的好许多倍。尤其是柳树多得简直让人吃惊,最大的柳树中空的树干,甚至可以藏进一头牛犊子。菌类喜欢阴暗潮湿的环境,苏杭村树多,草多,水多,自然也少不了蘑菇。

陪同我采访的铁热克镇党委书记李新斌,一边透过车窗向外张望,一边有些神秘地说:这儿有一种好东西。异常珍贵的蘑菇。这种蘑菇只生在健壮的柳树主干,距离地面两米以上的部位。苏杭村村民称之为柳树蘑菇。

说话间,李新斌惊喜地喊了一声"停车",他竟然发现了路边柳树上的蘑菇。看到树干上横生出来的蘑菇,我理解了李新斌能够在行驶的车中,发现这种稀罕物的原因。

柳树干上的蘑菇,简直就像绽开的金花瓣或者是由金子构成的叶片,在绿树浓荫之中异常醒目。尤其是新生的柳树蘑菇,给人感觉甚至具有金子的光泽。光秃的树干上挂着一朵或者一簇金花,即使盲人恐怕也能嗅到"铜臭"味,何况知道柳树蘑菇奥妙的李新斌呢?

在随后的行程中,我们一边走,一边观察着路两旁的柳树,时而收获几株柳树蘑菇。李新斌说,中午请我品尝这种美味。不过,到了中午,眼看着我们采的一兜子蘑菇,李新斌似乎忘记了曾经说的话。

据介绍,8月下旬,苏杭村的气温渐渐凉了,每年这个时候,山谷都会迎来稀罕的雨水,随着头一场秋雨的降临,犹如上天来客,柳树蘑菇便悄悄爬上了柳树。10月中下旬,苏杭村夜晚的气温降到了零下,隔三差五的雨水天气结束了,这种蘑菇也不见踪影了。

在我的印象当中,大多数菌类都是以腐殖质为营养机的,柳树蘑菇却以鲜活的树干作为自己的温床,这大概是柳树蘑菇珍贵的原因之一。还有一点是,这种蘑菇显然是低温出菇的野生食用菌类。在同属于低温食用菌类的蘑菇当中,许多都是食药同源的珍品,如阿魏蘑菇以及北疆山区生长的羊肚菌等等。

那么柳树蘑菇经济价值如何呢?李新斌脱口而出:谁舍得卖呀,没有价格。

我了解到，除了村里随处可见的大大小小的柳树外，苏杭村西面的村头上，还有一棵柳树王，当地村民说这棵古柳树至少有300年了。不过，由于苏杭村山谷长度超过15千米，乡村小路主要是村民步行踩出来的小道，车辆很难通行，我们仅在不足两千米的小道边搜索了一会儿，便忙起其他采访。

回来之后，我查阅了一些资料。在介绍各类野生香菇文字里，有一种野生香菇与苏杭村的柳树蘑菇极为相似，联想到采蘑菇时柳树蘑菇浓烈的蘑菇香味，或许柳树蘑菇就是一种野生香菇吧。

药 材 谷

每年5月下旬，山谷中的马莲花开了，一种奇怪的味道也弥漫开来。如果你是外来者，独自穿行在马莲花丛中，你会以为这个味道来自马莲花，并由此产生对马莲花的厌恶之感。这种味道，不仅人类不敢恭维，甚至游荡在草地上的牲畜对此似乎也无法忍受。最明显的变化就是，马莲花开之前，牛羊基本在相对干燥的马莲丛中寻找美味。马莲花开之后，牛羊便离开马莲丛，进入了湿地。

当然，对于熟悉中草药的人士来说，他们一旦嗅到这种奇怪的味道，神经肯定会高度兴奋起来。因为，他们清楚这种怪味是一味神奇的中药材散发出来的味道。药材的名称叫锁阳。

我在山谷中游荡的时候，锁阳早已经完成了它们一个时间段内的使命，马莲花也只剩下一些黄绿相间的叶子。好在村民家里多多少少都有一些锁阳干品，虽然有些遗憾，我总算见到了锁阳。

在中医学当中，锁阳是一味滋补壮阳植物。李新斌是这样描述新鲜锁阳的：它们伴生在马莲花根部附近。硬邦邦泛着白花花盐碱的平地上，莫名其妙地耸立着一个个红色的柱状体，它们的形状与男性生殖器非常相像。

村民毛尔吐地·塔什站在一块秋翻地里，挂着铁锹，好奇地注视着我们。李新斌用维语和他交流了几句。随后，大家坐在渠边闲聊起来。毛尔吐地·塔什随手在草丛中拔了一根草茎，对我说了些什么。李新斌说，他手上的植物是党参。我在渠埂上扫了一眼，太奇妙了，我们屁股下面竟然坐着许多党参。

他抓起铁锹，在渠埂上挖了起来。不一会儿，沙土深处露出了淡黄色的党参根茎。整株党参出土之后，李新斌拿着这株长约20厘米，最粗处如同黄瓜大小的根茎说，至少有十年以上的年龄了。像这样的党参，在整个山谷内就像野草一样随处可见。

草莓成熟的季节，草丛中一种被当地人称为"手掌参"的药材也开花了。李新斌说过了季节，手掌参就找不到了。毛尔吐地·塔什掂起铁锨，在渠边草地上察看了一会儿，然后，对着一根红褐色的干草茎挖了下去。他竟然找到了手掌参。正如他们所说一样，这种药材的确酷似幼儿的手，只不过"手掌参"长着四根指头，大小比火柴盒略小一些而已。

据说，山谷里还有许多种中药材。李新斌认真地说，如果植物学家来这里考察，肯定能发现稀罕植物。

果园风光

按照传统文学作品里的描述，天堂里除了琼浆玉液等美好的东西以外，还有一类必不可少的稀罕物——仙果，苏杭村也不例外。

我们来到苏杭村时，正值各种果子成熟的季节。靠近山边分布的原生木本植物小蘗和沙棘，擎着一串串或红或黄的果实，给人的感觉，恰似热情的村民为远道而来的客人准备的圣果。沙棘是新疆常见的林木，小蘗却不多见。我的印象当中，小蘗的果实一般被新疆人称为"酸溜溜"，意思是指这种植物的果实酸溜溜的。当地维吾尔人则称之为"孜热克"。

苏杭村的居民,历来就有采用小蘖果治疗某些疾病的习俗。9月中旬,小蘖果成熟之后,村民多少都要采摘一些小蘖果,加糖,熬制成酱备用。据说,这种果酱治疗对小儿咳嗽以及关节炎等有特效,并且具有降低高血压的功效。

2006年,拜城县有关部门采集了一些小蘖果,送到北京进行了相关检测化验,没有想到,这种小小的浆果里竟然含有丰富的硒。

现代医学研究证实,微量硒具有防癌作用及保护肝脏的作用。硒是维持心脏正常功能的重要元素,对心脏肌体有保护和修复的作用。人体血硒水平的降低,会导致体内清除自由基的功能减退,造成有害物质沉积增多、血压升高、血管壁变厚、血管弹性降低、血流速度变慢、送氧功能下降,从而导致心脑血管疾病的发病率升高。合理补硒对预防心脑血管疾病、高血压、动脉硬化等都有较好的作用。于是,拜城县出现了收购小蘖果的商贩,苏杭村的居民则多了一项采摘小蘖果赚钱的渠道。

苏杭村最多的果类是苹果和大果沙枣。曲曲折折的路边林带间,几乎随处可见沙枣树。树上是沉甸甸的沙枣,地下草丛里落满沙枣,我们手里抓着沙枣,喉咙里同样缠绕着沙枣的沙甜。我猜想林子深处可能还有更好的沙枣,走着走着,我以为我们又进入了原始野苹果林。摘了一些苹果。吃了一些苹果。硕果累累的苹果林,分明是无人看守的人工苹果园。

天堂的忧虑

20世纪60年代前后,苏杭村迎来了一些新的逃难者,他们拖家带口来到村里,在柳树林里搭一两间小屋,开一片土地,饲养几只牛羊,日子便重新开始了。20多年之后,山外的政治和经济环境都变了,许多人家陆续离开了苏杭村。我来到苏杭村的时候,全村40户人家当中,还有一户叫叶守林的汉族居民。

在社会动荡的年代,封闭的环境,苏杭村成为躲避灾祸的乐土。时过境迁,人们选择离开,自然也无可厚非。尽管如此,我还是期望找到叶守林,倾听一番他的心声,更多地了解一些苏杭村的历史。我们在层层叠叠的树林里,挨家挨户寻找了好长时间,苏杭村的村民们似乎与我们捉起迷藏,找了半天,一个人影也没有看到。我们只好返回遇到毛尔吐地·塔什的地段,再次与这位朴实的农民聊了起来。

毛尔吐地·塔什热爱宁静的苏杭村,但是,他现在不得不面对即将离开山谷的现实,因为苏杭村就要整体搬迁了。我们在现世不停寻找所谓的神仙福地,当我们真正找到了这样的地方,我们才知道,所谓天堂也存在着不足。

在自然经济条件下，苏杭村无疑是一片富足的乐土，有山，有水，有草；人们有土地，种几亩粮食，饲养一些牲畜，即能保证人的基本需求。但是，社会已经完全变了，人对生活的理解也发生了巨变，吃饱，穿暖，人们还需要一系列现代生活所具备的东西。苏杭村景色固然优美，但是，这里也存在着致命的缺陷：遥远，封闭。

故土难离的复杂心情，萦绕在苏杭村所有的村民心头。他们一直盼望走出大山，享受现代科技带来的新生活，但是，这种事情真的就要发生了，许多人开始犹豫了。

村民们的这种矛盾心情，实际上与来到这里的游客是一样的：我们羡慕苏杭村，是因为我们生活中太需要自然的东西，如果让我们真的定居在这里，我们表现出来的恐怕远远不止矛盾。我们毕竟是已经被社会完全改造的人，我们对宁静自然的需要更多的是表现在精神层面的，而且，这种需求目的性非常明确，一旦得到满足，我们就会义无反顾回到我们的世界。也就是说，我们的这种需求不过是为了更好地适应现代，而不是真实的回归。

我很难确定苏杭村即将实施的整体搬迁，是一种回归，还是某种放弃。

黑山探秘

图木舒克市东南部越过遥远的夏河原始胡杨林,有一个叫黑山的地方,11月中旬,我在夏河采访,黑山及四十姑娘坟的传说吸引了我。我决定设法走进黑山,探寻其中的秘密,无奈由于叶尔羌河水阻隔,以及谈之色变的向导,司机找出种种理由拒绝前往,未能成行。返回乌鲁木齐查阅地图之后,我意识到错过了一次走进塔克拉玛干沙漠,了解一段被风沙湮灭的历史的机会。

12月10日,我再次来到距离黑山最近的农三师五十团其盖麦旦镇。第二天,在该团团长和政委的大力协助下,尽管司机露出一百个不情愿的畏难情绪,我们还是踏上了通往黑山的未知之路。

在巴楚县,以及农一师、农三师位于塔克拉玛干沙漠边缘地带的团场中,流传着许多有关黑山和四十姑娘坟的传说。有人说黑山里有一座古城,古城里散落着各种各样的文物,有裸露在沙地上的骷髅,有枯死千年不倒,形同鬼怪的胡杨,还有人说黑山里遍地都是五彩斑斓漂亮的石头,当然最恐怖的还是前往黑山的路途异常凶险,这也正是当地所有驾驶员提到黑山就发憷的主要原因。

黑山不是山

从其盖麦旦镇到夏河有30多千米路程,夏河是刀郎人的故乡之一,沿着叶尔羌河岸,这里生活居住着五十团7个连7000多人口。穿过夏河原始胡杨林向东南方向行驶30多千米,就能抵达神秘的黑山。在2001年以前,夏河在当地人的印象中是一个远得不能再远的有人类居住的地方。

通往夏河的公路修通之后,前往沙漠之中的黑山以及相邻的四十姑娘坟成了可能,夏河犹如一块通向黑山和四十姑娘坟的跳板,成为进黑山或者四十姑娘坟之前补充给养,以及一旦发生意外,可以获得援助,或者将信息传向外界的唯一一个地方。

黑山和四十姑娘坟都在叶尔羌河南岸的沙漠中,由于黑山更神秘,因此我们决定把行程的重点放在黑山,返程途中再绕行十几千米去四十姑娘坟。前往黑山的前一天,按照大致方位我在地图上寻找黑山,令人不解的是地图上并没有大名鼎鼎的"黑山"这个地名,只有一个叫喀拉萨依的名称孤零零深陷沙漠之中。第二天,经过向导艾山江的确认,喀拉萨依正是黑山,这不禁进一步增加了我对黑山的向往之情:黑山,仅仅在沙漠当中出现这样一个地名就引发了人的无数遐想,如果能够抵达目的地,会有什么样的奇迹等待着我们呢。

穿过夏河充满野性的原始胡杨林,经历了叶尔羌河陷车的险情,绕过迷宫一般,犹如刚刚遭受了某场劫难的枯死的胡杨林,翻越一座座沙丘,我们抵达黑山的时候,脚下的黑山完全出乎了我的意料。实际上,黑山不过是沙漠中一块方圆数十千米的台地。台地上布满黑色的戈壁石,间或有一两堆黄色的沙丘奇怪地横卧在台地上。站在台地上放眼四周,沙丘连着沙山,犹如绵绵不绝的滔天巨浪,在远处模糊了天与地的界限。大漠之中怎么会出现一块戈壁呢?

会"走路"的沙丘

艾山江今年35岁,是祖居夏河的刀郎人,他在很小的时候就从父亲口中知道了黑山。领导安排他给我们做向导,刚开始他有些犹豫,并且说了许多黑山根本无法抵达的话,后来,知道领导已经安排了推土机预防意外,他才放下心来。

艾山江14岁那年的春天,他和一群伙伴赶着毛驴车在靠近黑山的胡杨林里打柴。出于对黑山的好奇,在打柴的空隙,他们结伴来到了黑山,由于贪玩,将近日落的时候,他们才发现已经无法回到胡杨林中的打柴点了,于是,几个年轻人就在戈壁上的三座小沙丘中间安营扎寨,住了下来。

夜里从很远的地方传来一阵奇怪的响声,他们恐惧到了极点,接着就起风了。风很大,戈壁上的石头似乎都在滚动。大家只好蒙着头抱成团。过了很久,风小了,天也亮了。几个人灰头土脸站起身一看,其中年龄最小的一个伙伴顿时哭了起来,其他人也慌了。他们明明没有挪动地方,可是昨天晚上的三个沙丘却没有了。当时,艾山江觉得可能是什么东西悄悄地把他们抓到另一个世界。

后来,有人发现戈壁上那个不知道是什么年代的人修建的最高的土堆还在老地方,他们才隐约明白,自己还是待在老地方,只不过那三座沙丘随着风走了,而十几米外的突然冒出来的那个大沙丘,很可能就是以前的那三个沙丘。

经历过这件事,在后来的十多年中,艾山江再也没有来过黑山。

近年来,艾山江先后多次陪同慕名而来的人士来到黑山,他特别注意了一下分布在戈壁上的沙丘。这些沙丘绝对是"活"的,它们一点也不安分,经常变换形状,而且可以"走路"。这就是黑山的一奇。

遍地玛瑙

近年来,黑山在当地声名鹊起的原因主要是戈壁上五彩斑斓的玛瑙和石英。

我们在前往黑山腹地一个据说是烽燧的途中,荒凉的戈壁上影影绰绰出现点点红色,随着距离越来越近,红色竟然是一顶简易帐篷,大冬天的谁在这里支一顶帐篷? 帐篷里住的是什么人呢?

我们在帐篷前停下车,帐篷后面的洼地上躲着两个年轻人和一辆摩托车,两个年轻人谨慎地注视着我们乘坐的警车。这是两个冒险进入黑山拣玛瑙的伙伴,他们在这里已经待了三天了,一个叫穆铁力普,一个叫安尼瓦尔。

穆铁力普的汉语很好,8月16日他开始在黑山拣玛瑙,到现在已经收获了7000块钱。穆铁力普最长时间在黑山待了五天,拣的玛瑙和石英石要么卖到阿克苏,要么在图木舒克市交易。

为了寻找最漂亮的石头,穆铁力普曾经走遍了这片戈壁,他说,四周都是沙漠,尤其是戈壁的东南方向,沙子堆成了高山,连枯死的芦苇和胡杨也没有。他估计戈壁的东南面可能离沙漠公路很近，他在那里拣玛瑙时曾经住过许多晚上，半夜经常可以听到好像是汽车开过去的声音。

穆铁力普的话，引起陪同我采访的五十团干部张秀丽的好奇。张秀丽从小在当地长大，说一口流利的维吾尔语，对当地情况非常了解，她断定这一带没有什么沙漠公路。穆铁力普肯定是弄错了。驾驶员王师傅也断定黑山附近根本没有什么公路，那么穆铁力普和安尼瓦尔听到的是什么声音呢？

地上的玛瑙和石英石转移了大家的兴趣，我随手拣了几粒指甲盖大小的玛瑙，这里的玛瑙品质虽然不错，可惜个头太小了。

艾山江感慨地说，去年黑山还是遍地玛瑙，现在已经快被拣光了。

谁的墓葬

黑山最神秘的地方莫过于那些失去年代记忆的墓葬和人文遗迹。我们在传说的已经毁损的"烽燧"附近逗留了很长时间，随后又来到黑山西北部高地上的古墓葬。墓葬已经完全毁坏了，可以看到墓葬中出土的棺木板材，以及芦苇、骨头等。据说，在黑山西南部的沙漠中还有一座古城，以及被风沙掩埋的成排的窑洞遗迹，有人曾经在那里找到一些唐代的腰牌等文物,遗憾的是由于时间原因,我们未能走进这座古城。

返程途中尽管我们想转道至四十姑娘坟,无奈由于天色已晚,我们不得不遗憾地与四十姑娘坟擦肩而过。相传,在很久以前,有40个姑娘为了躲避权势的虐待,逃到森林中一个大坑里集体自杀,于是就有了四十姑娘坟这个地名。张秀丽说,四十姑娘坟附近生长着高大的胡杨,墓葬面积有400多平方米,至今还是当地人祭奠的场所。

回到乌鲁木齐之后,我查阅了一些资料,黑山所蕴涵的历史渐渐浮现出来。其实,要想了解黑山的历史,最好的方法就是将它们归入图木舒克市的"文化圈内"。据史书记载,早在公元前75年,东汉政府派班超率吏士36人赴西域,曾在图木舒克山麓磐橐城,即托库斯萨拉耶古城(汉语九宫殿)也就是现今五十一团境内的唐王城驻守17年。历史上西域三十六国中的尉头国就在图木舒克,隋唐时期尉头州的州城也是唐王城,清乾隆年间,清政府沿叶尔羌河部署兵站,在图木舒克境内就有5个。在过去的2000多年间,图木舒克一直是丝绸之路上的一个政治经济文化军事要地。古时候这里南经和田可通往印度,西南经莎车可通往阿富汗,西经疏勒(今喀什)可通往土耳其、地中海和东罗马,交通十分便利。

唐王城因为出土了很多唐朝的文物如古钱币、彩陶罐、青铜器以及玉器等而得名。当地维吾尔语称"托库孜萨来古城"，译为"九间客房"。该城曾上至北魏时期，下迄北宋末，存在过700余年。

从现今保留的文物古迹看，图木舒克曾是历史上政治经济文化非常繁荣的地区，商业、制陶业、餐饮业非常发达，20世纪20年代，考古学家曾在图木舒克境内发现两匹唐朝长安产的丝绸。图木舒克出土的文物有4000多件保存在自治区博物馆，400多件保存在巴楚县文化馆，这里还曾发现过汉代龟兹、唐等王朝的钱币。1961年，古城托库孜萨来古城，就被批准为自治区级文物保护区。

由此来看，黑山之神秘也就不足以为奇了。黑山不仅是荒凉的代名词，还蕴涵着浓得化不开的人文历史。

库车, 巴扎上流淌的暗香

行走在库车大地上, 如果静下心思, 仔细嗅闻空气, 你会发现干燥的空气当中, 除了尘土的味道, 还有许多美好的东西潜藏在时间背后, 等待我们的嗅觉去开掘。一旦捕捉到其中的蛛丝马迹, 顺藤摸瓜, 继续这种奇妙的旅行, 你很可能就会揭开一个珍藏神秘暗香的罐子……

温暖的木瓜

有人说, 男人对香味的需求, 潜意识当中代表性的渴望。我对香味异常敏感, 甚至能够通过嗅觉描绘出香味对应的色彩。我不知道这种情况是不是属于所谓性的需求, 即便真的如此, 谁又能指责我呢? 就像库车巴扎上的木瓜, 它以香味感动了我, 或者是我理解了木瓜的调情, 难道我们错了?

人流如珠的库车县巴扎上，托乎提·塞买提的摊位显得有些寒酸，他面前只摆着两个盛满黄澄澄木瓜的筐子。不过，木瓜的香味却补偿了托乎提·塞买提的人气，吸引了我这个买主。我们聊天过程中，时不时还有几只蜜蜂，围着筐子盘旋片刻，随后便准确地降落到了木瓜上。看到这样的情景，我真得感谢自己敏感的嗅觉，否则我将失去一次了解木瓜这种植物的机会。

木瓜，维吾尔语为"拜耶"。托乎提·塞买提家有十来棵木瓜树，最大的直径20多厘米。托乎提·塞买提说，木瓜的树叶像苹果树，果花为白色，类似梨花。他家的木瓜树，大树每年能结10千克木瓜，市场上木瓜价格每千克不足6元，这个产量和价格，让托乎提·塞买提觉得，长在自家院子里的木瓜树就像鸡肋。

谈论了半天，我依然没有弄清楚木瓜究竟是什么。索性抓起一个木瓜，擦掉表皮上的灰尘，大口咀嚼起来。酸甜，满口流香；缺点是水分少，果肉有木质感；果核以及种子类似梨。由此我误以为木瓜可能是某种梨。

查阅相关资料，我发现自己错了。木瓜属于蔷薇科木瓜属木本植物，原产地就在我国温带地区。广东等地栽培木瓜，主要用于观赏。在塔里木盆地木瓜是一种果菜兼用植物。除了鲜食之外，人们主要用木瓜做抓饭、炒菜以及烧汤。托乎提·塞买提强调说，库车县的木瓜种植和产量在南疆地区首屈一指。我觉得这种凡事都要争强做大的心理并不可取，我更欣赏托乎提·塞买提随后说的几句话。

木瓜是一种非常好的香料，阴暗的房间里摆放几个明黄色的木瓜，满屋飘散着木瓜暖暖的香味，时间可以持续两个多月。

安息茴香

安息茴香即新疆人所说的孜然。安息茴香的称谓，是库车县独有的。《库车县志》有专门介绍安息茴香的词条，大概内容如下：安息茴香由西亚安息古国传入古龟兹。全株具有强烈芳香，夏季开花，7月成熟，嫩茎叶可做蔬菜。1958年，自治区外贸局定名为安息茴香，并且列为库车县出口创汇产品。1989年，库车县安息茴香产量372吨。

有些人常常将安息茴香等同于小茴香，甚至有些资料上也是如此，其实这是一个谬误。安息茴香和小茴香虽然同属于伞形科植物，但是，它们就像猫科动物中的虎和狮一样，生长环境迥然不同，完全是两个不同的物种。安息茴香主要分布在从北非到中西亚的干旱少雨地区。小茴香则生长于阴湿、土壤疏松的山地，主产于广东、广西等地。

就其香味而言,安息茴香和小茴香也有明显区别。安息茴香富有油性,气味芳香而浓烈,口感风味极为独特,主要用于调味、提取香料等,是烧、烤食品必用的作料。小茴香则青睐于水,据说,小茴香在烧鱼炖肉、制作卤制食品时,能够使之重新添香,故称之为"茴香"。两者之间另一个较大区别是,小茴香的种子是调味品,它的茎叶常被用来作包子、饺子等食品的馅料。安息茴香则主要以采收种子为主。

新疆人对烧烤食品情有独钟,安息茴香自然成了巴扎上的大宗香料之一。香料商人阿布都·热西提告诉我,库车县还有这样一种说法:用安息茴香泡茶,连续喝40天,白天也能看见星星。

神秘孜亚当

人类偏爱起伏舒缓的线条和圆形,大自然钟情于菱形。雪花是菱形的,矿物质的晶体大多数也是菱形的。孜亚当却是三角形的,神秘的黑色三角形。

我头一次感受孜亚当的味道,是20多年前刚刚参加工作时的事情。技校毕业之后,我被分配到北疆一个偏僻的牧业小县城。地方小了藏不住秘密,不出一天时间,生性好奇的我对县城内的情况就有了相当了解。其中,当地人推荐的一家风味独特的馕,最具诱惑力。前往馕铺途中,我发现了小城市的一个巨大优势:人口车辆等均寥寥无几,整个城市如同一个静谧水池。池里的水纯净无比,房子和院落之类的是水池里的石头,行走或者坐在路边的聊天者,则是悠然自得的鱼虾。

突然,馕香混合着一种怪异的味道弥漫开来。我强烈感觉到这种怪异的香味,就是一滴落进水池里的墨汁。它既突兀又生硬,却又以一种让人欲罢不能的手腕,拖拽着你的好奇,让你不能不去研究、思考这滴墨汁在水池里还能变幻出多少图案,萌发什么样的奇思妙想。

正如孜亚当的味道作用在我嗅觉上,引起我精神上一系列类似美好的幻觉一样。当我习惯了孜亚当的味道,确切地说是孜亚当触发了我精神领域的一系列神秘感觉,我真正喜欢上了这种黑色香料。

艾尼瓦尔·尼亚孜在库车县老城内经营着一个很大的香料店。他抓起一把孜亚当说,芝麻配上孜亚当,打馕最好。南疆人爱面子,打馕的时候把孜亚当撒在馕的表面;北疆人讲究实惠,因此把孜亚当和在面团里。艾尼瓦尔·尼亚孜不愧为经营香料的老手,他说的情况同我在南北疆见到的现象完全相同。遗憾的是他也不知道孜亚当的学名是什么。

陪同我逛巴扎的库车县朋友,皱着眉头闻了闻孜亚当的气味,转身离开了。显然,他不习惯孜亚当的味道。

艾尼瓦尔·尼亚孜说,孜亚当种植区主要集中在四川、河南、安徽等省区,新疆则是孜亚当的主要消费地区之一。南疆群众还采用孜亚当榨油。用孜亚当油抹头发,既可以治疗脱发,又是不错的香料。

薄荷的清凉

想一想,将薄荷与白糖或者蜂蜜混合起来,熬制成一桶一桶的胶状物,色泽和滋味会是什么样?我还在回味孜亚当的滋味,一阵薄荷味道又吸引了我,随后我才注意到库车巴扎上这种奇特的销售薄荷或者说是薄荷糖的方法。

卖薄荷的女人狐疑地看了我一眼,然后用木勺在胶状物上抹了抹,说:治疗胆囊炎,咳嗽、感冒、头痛、嗓子痛……(你要)多少?

女人不冷不热的推销方式,让我想起希腊神话中有关薄荷的传说。相传,冥王哈迪斯爱上了美丽的精灵曼茜,引起冥王的妻子佩瑟芬妮的嫉妒。为了让冥王忘记曼茜,佩瑟芬妮将她变成了一株不起眼的小草,长在路边任人踩踏。出乎佩瑟芬妮预料的是,曼茜变成小草之后,竟然拥有了一种清凉迷人的芬芳。而且越是被摧残踩踏,她散发的气味就越浓烈,越吸引人。这种草就是人类利用最早的香料植物之———
薄荷。

库车县既分布有野生薄荷，也有偏爱种植薄荷的种植
者。在库车，薄荷的用途除了提取香料、入药，炎热的夏季，一
些库车人还用新鲜薄荷叶制作汤饭，据说，有人特别喜欢这
种汤饭的味道，有些人却无法消受。

芳香植物不胜枚举，用这些香料植物提取的芳香物质有
多种，香型也有许多种类型，无论是哪一种香料，哪一类香
型，我们之所以将其称之为香，即在于这些味道给我们带来
愉悦的同时，能够激发我们的想象力，进而让我们有机会领
略潜藏在日常生活背后的美好。不同的香味，体现着我们不
同的喜好和情感。不同的人群，也有不同的香味趋向。就像我
难以接受小茴香，却对安息茴香的味道恋恋不舍一样。香味
实际上就是我们性格的外露。我们对香味的敏感，就好比对
自己性格的玩味。从这个意义上来说，我在库车县巴扎上嗅
闻到的香味，不正是库车性格的一种流露吗？

我希望下一次，有机会通过库车巴扎上的这些香味，仔
细品味研读库车。

胡杨的秘密

多年记者生涯，我几乎走遍了新疆大地，我总想着在环境和气候差别很大的南疆与北疆，找到一种共同的东西。我在沙雅县采访期间，偶然意识到胡杨就是之一。

对话胡杨

我曾经震撼于北疆白杨河区域的胡杨秋色，着迷于古尔班通古特沙漠生长的胡杨，领略过巴楚县夏河原始胡杨的冬景……据说，沙雅县胡杨林面积超过200万亩，是目前世界上已知的连片面积最大的胡杨林。在我看来，胡杨林的面积大小，实际上并没有多大意义，我更注重的是生活在荒漠区域的生命，因为拥有了胡杨林所拥有的幸福。

在植被茂盛的草原上，一棵草，或许没有多大的意义，但是，在荒漠地区，情况就完全不同了，一棵草就能够固定一方沙土,一棵胡杨则预示着人类能否在这片土地上生存。谈到胡杨林,我们常常可以看到类似这样的文字:胡杨是荒漠地区特有的珍贵森林资源,它对于稳定荒漠河流地带的生态平衡,防风固沙,调节绿洲气候和形成肥沃的森林土壤,具有十分重要的作用。这样描述在严谨的科学论文中是必不可少的,但是,我却讨厌这样干巴巴的文字,因为,它们让胡杨失去了色彩。

资料显示,胡杨曾经广泛分布于中国西部的温带暖温带地区,克孜尔石窟、敦煌铁匠沟、山西平隆等地,都曾发现胡杨化石。胡杨是一种非常有趣的树种,在漫长的自然进化之中,为适应干旱环境,胡杨树发生了许多改变,例如叶革质化、枝上长毛,甚至幼树叶如柳叶,以减少水分的蒸发,因而有"异叶杨"之名。目前,除柴达木盆地、河西走廊、内蒙古阿拉善一些河流两岸还可见到少量的胡杨外,全国胡杨林面积90%以上分布于新疆,新疆的90%又集中在塔里木盆地,而沙雅县的胡杨林面积则达到200万亩。

在塔里木盆地,胡杨林不仅是这里农牧业发展的天然屏障,它对于研究荒漠区气候变化、河流变迁、植物区系的演化以及古代经济、文化的发展都有重要的科学价值。胡杨林还是优良的四季牧场和野生动物的栖息地。南疆地区的许多牧场,实际上就是广袤的胡杨林。野生塔里木马鹿以及野猪等大型动物就把胡杨林当成了天堂。

　　摄影者钟情胡杨林,好奇者痴迷胡杨林,对于生活在荒漠区域的人来说,胡杨林既是他们的骄傲,同时也不失其神秘性。沙雅县就流传着这样一种说法:没有人敢夸口走遍整个林区的。据说,若干年前的一个冬天,有一位搞石油的工程师,决心挑战这个传说。他做了充分的准备,驾驶着牛头越野车进入了林区,七天后,当他重新听到他熟悉的语言,嗅闻到来苏水的味道,他发现自己躺在医院的病床上。后来他才回忆起来,自己进入沙漠第二天就迷路了,随后车又陷进了沙窝,折腾了几天,由于饥寒交迫,昏迷了。幸好有一个找羊的牧民发现了他。

　　沙雅县干部李林春说过这样一句话:一棵胡杨就是一个人,一片胡杨林就是一个村庄。仔细想一想,这句话的确非常精彩。它道出了生活在新疆荒漠地区的人对生命的理解,对人的栖息环境的重视。正所谓,作为一种生命的存在,胡杨林里还有多少秘密等待着我们去探寻呢?

"吸血鬼"草鳖子

　　我在欣赏胡杨林景色,偶然间在一棵胡杨树干上发现了一只草鳖子。这个丑陋的家伙,立即引发了我的肌体的反应:总觉着身上好像有草鳖子爬行的感觉。

在我的印象当中，草鳖子似乎是北疆草原地带的"特产"，这里怎么会出现草鳖子呢？不说不知道，谈到草鳖子，沙雅县委宣传部副部长李林春给我讲了一个在胡杨林中，遭遇恐怖的"吸血鬼"的事情。李林春刚来到沙雅县不久，同事邀请他一起去原始胡杨林探险，李林春记得非常清楚，当时正是南疆大地春暖花开的4月。

摄影家喜欢秋天的胡杨林，因为金色的胡杨树叶，能够让他们感受到生命的热诚，进而给他们带来创作的灵感。在李林春看来，胡杨林的秋色固然美丽，春天的胡杨林同样很精彩。蛰伏了一个冬天，枝干上落满沙土的胡杨树，竞相迸裂的芽蕾，一夜之间，弹去了沙尘，鲜活的春天降临了。光鲜的胡杨新叶愉悦着空间，林间地表的甘草等植物丝毫也不示弱，它们充分展示枝、叶、芽的色彩和魅力，迅速占领了林间裸露的空地，封锁了地面上飞扬跋扈的沙土的去路，一往漂浮着浮尘的林地间，出现了一种罕见的清明澄澈景象。然而，让李林春没有想到的是，他们在欣赏美丽的春景之时，胡杨林里的吸血鬼草鳖子，已经悄悄地盯上了他们。

中午，他们落脚在靠近塔里木河的一个自然湖泊边，吃过午饭，大家垂钓的垂钓，采蘑菇的采蘑菇，喜欢摄影的则架设好了三脚架。

天气很热，李林春想收集一些胡杨碱，他曾经听人说胡杨碱对治疗痛风等疾病有疗效，尤其是老胡杨树干上的胡杨碱效果更好。好在粗壮的老胡杨树几乎随处可见，李林春很快就找到了胡杨碱，然而，当他准备揭取树干上的胡杨碱时，树干上密集的草鳖子却让他退缩了。看到这些讨厌的家伙，李林春条件反射似的随手在脖子上抹了一把。他觉得脖子上好像突然鼓起了一个小疙瘩。仔细摸了摸，的确是起了一个疙瘩。不对呀。莫非是草鳖子？想到这里，他吃了一惊，手指掐住疙瘩向外一拔，果然是一只已经吸足了血液的草鳖子。检查一番身上，哇噻，竟然爬了十几只。其他人也不例外。随行的一个女同伴，回去十几天之后，还从头发里弄出一个草鳖子。让人恐怖的是，这个草鳖子的半个身体已经钻进了她的头皮。

据说，如果不把草鳖子及时从吸血部位取出来，草鳖子会顺着人的血管钻入体内，到达人体内部每一处。并且会产卵生儿育女，到那时就只能开刀取出了，甚至会有生命危险。这种说法免不了有些夸张了，但是，草鳖子的毒性之大却是真实的。我在北疆生活期间，曾经遭遇过草鳖子的袭击，也曾经见过体质稍弱或者是过敏体质的人，被这个"吸血鬼"叮咬之后，出现皮肤红肿溃烂的事情。草鳖子的确是一种令人恐怖，而且生命力非常顽强的物种。

"吸血鬼"草鳖子固然令人恐怖，但是，我们的大自然不正是有了丰富的动植物才显得如此美丽诱人吗？

胡 杨 王

据说,沙雅县发现了一棵号称"世界胡杨之王"的胡杨树,于是,我找到古树的发现者、沙雅县文化人王剑波,随后,我们一起拜谒了这棵神奇的胡杨之王。

沙雅县境内分布着近200万亩原始胡杨林,胡杨王位于沙雅镇其乃巴格村地界。2008年11月中旬,王剑波在该县郊区拍图片时,偶然看到远处有一棵奇特的大树,走到树下,王剑波大吃一惊,这棵枝叶婆娑的胡杨树,树径之粗大,完全超出了他的想象。他用随身携带的皮尺测量树干径围,竟然在8米以上。近年来,王剑波几乎走遍了沙雅县境内的原始胡杨林,他搜遍记忆,树围在7米以上的胡杨树他见过几棵,但是,如此大的胡杨树却是头一次发现。他查阅了大量资料,没有找到胡杨树围径超过8米的记录。他意识到了胡杨王的价值,并将这个发现报告给了相关部门。

我们来到胡杨王树下的时候,正赶上闷热的正午,来到树荫下面,感觉就像进入了一个凉爽的房间,胡杨王果然有些另类。

目测大树高度,大概接近20米的样子,粗壮的树干给人的感觉分明是几棵树合抱在一起形成的。我曾经多次进入胡杨林,自认为对胡杨树多少还算有些了解,但是,从近处观察大树的树皮,我纳闷了:胡杨树的树皮大多开裂严重,给人一种沧桑感,但是,这棵老胡杨树皮却异常细嫩。王剑波刚发现这棵树的时候,也对树皮的奇怪现象产生了疑惑。观察其他胡杨的树皮,情况也类似。后来,他从周围的环境上找到了原因。胡杨王所在的区域地下水很丰富,土地盐碱也相对较轻,这大概就是胡杨树皮细嫩的原因。

树下有一幢已经破败的老屋。距离胡杨王百米开外的另一幢老屋则居住着阿布都·热依木·热扎克一大家子。阿布都·热依木·热扎克说,他们家在这里已经住了7代,300多年时间了。现在住房的后面,从外表看来如同古堡一样、当库房使用的屋子就是他的第二代祖先建的。阿布都·热依木·热扎克家的院子边上,摆着一张长方形具有典型中原风格的旧木桌,库房里还有一张更大的木桌。阿布都·热依木·热扎克说,两张桌子年数都在280年左右。

我们绕到后院,侧着身体,小心翼翼地钻进这幢已经变形的老屋,偌大的空间里,胡乱摆放着那张长度大概有4米的木桌。木桌敞开的抽屉里有几个麦草窝,其中两个草窝有几枚鸡蛋。老古董现在成了母鸡下蛋的鸡窝。从屋里出来,我猜想是因为木桌太大,老屋的屋门变形,无法整体搬出来,这件古董只好守着老屋当鸡窝了。

阿布都·热依木·热扎克说，胡杨王至少有300年了，她妻子则认为这棵树至少有500年了。阿布都·热依木·热扎克听老人说，100多年前，从很远的地方就能够看到这棵大树。现在大树周围的胡杨林，都是这棵大树的后代。

今年春天，沙雅县林业局有关人士考察了这棵大树，他们按照某种公式测算，胡杨王的树龄应该在1500年左右，的确是一棵罕见的胡杨王。胡杨王四周还有一些古老的桑树、榆树。按照阿布都·热依木·热扎克的说法，他们家那几棵挂满青葡萄的葡萄树，年龄也在百年以上。阿布都·热依木·热扎克还保留着一本羊皮古书，至于书里的文字，没有一个人能够看懂。我翻了几页，同样如坠云雾。

这里果真是一个神奇的村落。

百岁老人

胡杨王附近还有一个被称为长寿村的村庄。同样是普通人，这里的村民为什么就能长寿呢? 带着这样的好奇，我来到了长寿村。

长寿村真正的名称叫吐格曼贝西村，隶属沙雅县努尔巴格乡。据说，全村385人当中，百岁以上的老人就有4人，80岁以上的老人则有24人。最让人稀罕的是村里八九十岁的老人,基本上还在参加各种各样的农业劳动。

吐格曼贝西村村委会主任阿布力孜·艾买提把我们领到肉孜·托乎提家。正好是正午时分,村公路上没有一个人影。推开肉孜·托乎提家的木门,院子里同样寂静无声。墙边阴凉处摆着一张挂着蚊帐的床,透过白色的蚊帐可以看到一个穿白衬衣的人躺在床上。我猜想他可能就是这个家庭的寿星肉孜·托乎提。

我们走到蚊帐边,睡在蚊帐里的老者丝毫没有察觉。他依然享受着酷热中这片阴凉带给他的惬意,舒适地睡着。

这是一幅难得的南疆乡村民俗风情画。杏干晒好了;麦子收获了;秋季作物在大田上疯狂地生长;挂在枝头的青苹果,没日没夜地积蓄着果糖;核桃熟了会自动从树上掉下来。春天做好的计划已经实现了一半,剩下的一半不久也将瓜熟蒂落,正是难得的清闲时光。

我们不忍心搅扰老人的睡眠,不曾想从屋门敞开的正房里跑出来一个小男孩。小男孩好奇地看了看我们,随后挑开蚊帐,扑到了老人身上。老人缓缓坐了起来,这会儿,他似乎才看清楚床边站着几个陌生人。

肉孜·托乎提今年已经103岁了,除了耳朵有些背之外,老人家看起来不过就是七八十岁的样子。

我小心翼翼地把话题扯到了很久很久以前。没有想到我这种有目的的引导,竟然打开了老人的话匣子。

他一连串说了一堆话,我只听清了其中有"盛督办"(盛世才)和马仲英的名字。老人继续说着,并且呵呵地笑了起来。翻译阿布力孜·艾买提告诉我,肉孜·托乎提讲的是"盛督办"和马仲英的事情。他说马仲英来到沙雅县的时候,农民们正在播种玉米。随后,飞机也来了,仗打得很厉害。后来,肉孜·托乎提听说马仲英逃跑了。他想看一看"盛督办"长什么样,可是老百姓根本见不上"盛督办"呀。

肉孜·托乎提正是说到这里笑的。肉孜·托乎提老人是一个非常幽默的人。他养育了7个子女,从屋里跑出来的小男孩是他最小的孙子的孩子,今年也已经7岁了。肉孜·托乎提喜欢吃羊肉,尤其是当地出产的山羊肉,他认为山羊肉是最好的食物。说到吃肉,老人家假装嘴馋的样子开始吧嗒嘴,把我们都惹笑了。

他还离不开酸奶和玉米馕。他说,100岁的时候,他还能下地劳动,这两年,他的腿出了一些问题,走路离不开拐杖,因此大田的活就不干了。

据介绍,现在村里80岁以上的老人,生活得都不错。

山羊故事

肉孜·托乎提老人所说的山羊,指的是放牧于胡杨林里的山羊。仔细一打听，我吃了一惊，山羊羔子肉，在当地一千克卖到了30多元，比其他羊肉贵10元左右。

什么样的山羊肉，能够卖到这样好的价钱呢？这要得益于塔里木河水的滋润。地处塔克拉玛干沙漠边缘的沙雅县境内分布着200多万亩天然林地。胡杨、梭梭、红柳、罗布麻、甘草、芦苇等耐盐碱干旱的荒漠植被，为该县畜牧业提供了独特的发展空间。当地群众很早以前就有着饲养绒山羊和绵羊的传统，他们也知道这里的羊肉，尤其是山羊羔子肉味道鲜美，历来是当地市场上的抢手货。然而，抢手归抢手，在价格方面山羊羔子肉却体现不出多少优势，牧民饲养山羊，更主要的原因是为了调剂牲畜结构，合理使用林地的牧草资源。

那么沙雅县山羊羔子肉又是怎样走出该县，声名远扬的呢？沙雅县县委宣传部副部长李林春为我揭开了其中的奥妙。

沙雅县绒山羊体型小，是当地土种羊品种之一。它们主要以罗布麻、甘草以及胡杨叶子为食物，喝的则是塔里木河无污染的冰山来水，因此，在当地山羊肉市场上赢得了"药肉"的称谓。其中，两月龄、胴体重在4千克以内的山羊羔肉，则是珍品中的珍品。

2003年，沙雅县开始为当地山羊羔子申报"中国环保有机食品"认证工作，2005年夏天，首批从出生到屠宰全程跟踪建档的沙雅山羊羔肉的有机食品认证获得了成功。随后,沙雅山羊羔肉从一种土特产品,摇身一变,成了拥有金子招牌的高档食品。

采访过程中,我在沙雅县街头的一家餐馆,随机采访了一位刚刚买了6只活山羊羔子的老板。谈到山羊羔子的价格,他指着还没有从三轮摩托车车厢上卸下来的山羊羔子说:"太贵了,但是客人喜欢。放羊的人现在排档子大得很。"

随后,我又在巴扎上了解到这样一些情况。沙雅山羊羔子肉最高可以卖到每千克35元,而绵羊肉则在每千克25元以内,优质优价,市场分得很清楚。陪同我采访的李林春笑着说,这就是品牌的作用呀。随便一群羊价值就上万元了,沙雅县的牧民现在最幸福。

据介绍,目前,沙雅县山羊最高存栏数在13万只左右,年出栏山羊羔9万只左右。其中,有相当一部分山羊羔肉进入了上海、北京等地市场。

大漠螃蟹

从胡杨林回来之后,李林春热情地邀请我品尝当地的"野生"大螃蟹。我有些纳闷,塔里木盆地怎么会有野生螃蟹呢?何况这是在塔克拉玛干沙漠边缘的沙雅县。

原来螃蟹产自沙雅县的结然力克水库。至于"野生"螃蟹之说,也有其道理:春天,人们将螃蟹苗投放到水库,9月以后就可以收获了,整个生长期内放养的螃蟹完全是在自然环境下生长。

第二天一早,汽车驶过20多千米的沙漠路,带着满身沙土的我们来到了烟波浩渺的结然力克水库。还没有看清水库大坝,空中飞翔的水鸟便吸引了我们的目光。抵达水库大坝,大漠深秋中的一派江南水乡景色瞬间就征服了我们。

养螃蟹者是山东渔民孙玉行。我们来到他的临时住处时,他刚刚交易完200千克螃蟹,坐在岸边的一条小船上若有所思地注视着不远处水面上游弋着的一群鸬鹚,他的妻子则在晾晒小杂鱼。

2002年,孙玉行听说阿克苏地区有很多水库,而且没有任何污染。第二年年初,他就从山东威海辗转来到沙雅县。他的目的非常明确——承包水面养鱼。结然力克水库就这样成了他的新家。

头一年养鱼过程中,孙玉行发现这里的气温和水质不仅适合鱼类生长,还很可能适宜养殖螃蟹。琢磨了近一年时间,来年春天,他就从内地引进了200万只中华绒螯蟹苗,投到了水库中。当年,虽然水库水位偏低,导致水库水质盐分过大出现了螃蟹死亡现象,他还是收获了12吨螃蟹。最让他吃惊的是,由于这里的水质没有任何污染、水域面积大、库中鲜活饵料充足,只要将螃蟹投进水库,不用任何人工喂养,秋天就能收获,而且在市场上非常紧俏。

"我的螃蟹生命力非常顽强。这说明了什么呢?是这里的水质好,螃蟹才这么健康。"孙玉行自信地说。

事实也正如孙玉行所说的一样。他的螃蟹一上市,就受到阿克苏市场的青睐,并且很快打入乌鲁木齐市场,并由此引起内地市场的关注。

2005年,孙玉行又从内地进了200万只螃蟹苗,还没有到收获季节,联系要螃蟹的客商就来了。这一年,孙玉行在交易过程中了解到,前来买螃蟹的客户有一多半是中间商,他们将螃蟹运到乌鲁木齐,然后换乘飞机,将他的螃蟹卖到全国各地。

今年,孙玉行以每千克40~50元的价格,已经卖了15吨螃蟹,其中,绝大多数都空运到了内地市场。

我问孙玉行是否担心市场问题。孙玉行说:"现在广州、北京、上海等地的商贩直接打电话来要货,市场大着呢!"

我对如何捕捞螃蟹非常感兴趣,孙玉行笑着说:"螃蟹长成以后到处乱爬。在水里下好迷魂阵,一个迷魂阵就能抓100多千克螃蟹。"

北庭,一个真实的神话

吉木萨尔县北部有一个叫"破城子"的地方,这里又分西破城子和东破城子两个行政村。那么当地人为什么称这里"破城子","破城子"的真实含义又是什么?初秋时节,带着这样的疑问,我在破城子走了一圈,随后,在东破城子村邂逅了一位老者。破城子——北庭都护府,一个真实的历史神话,在我的心中渐渐复活了。

破城子写实

吉木萨尔县是北疆地区粮食和蔬菜种植大县。破城子距离吉木萨尔县城只有十几千米路程。我们离开县城几分钟之后,成片的玉米、葵花等秋季作物便如同欢迎我们的方队,整齐划一地出现在公路两边。不久,大田里出现了一些凸起的夯土建筑遗址,它们就如同绿色海洋中的一个个孤岛,静静地注视着发生在这片土地上的沧桑巨变。

破城子遗址面积很大,遗憾的是除了护城河和城墙残段之外,其他城市建筑已经荡然无存,曾经的护城河则成了当地农民灌溉农田的水渠。陪同我采访的吉木萨尔县委宣传部副部长罗瑜说:现在树木和农作物影响了视线。冬季和早春季节,站在高处可以看清楚古城的轮廓。

好在罗瑜提前给我准备了一些相关资料,这些材料帮助我在迷宫一般的古城中很快找到了方向:城墙现存内外两重,平面均呈不规整长方形。内外城墙都有马面、敌台、角楼和城门,外城还有瓮城,城墙均为夯土筑成。城外有护城壕。城内原有的建筑物破坏殆尽,仅存3处残墙基,9处残基址,其中2处为佛寺基址。有学者认为,外城建于唐贞观年间,显庆和开元以及高昌回鹘时期曾多次修补或增筑;内城建于高昌回鹘时期。出土遗物主要是唐代文物,如唐金满县残碑、铜镜、石狮、开元通宝、乾元重宝和莲花纹方砖、瓦当及陶瓷器等,还有一些高昌回鹘时期或元代的陶瓷器。

我们在古城,确切地说是茂盛的庄稼地里搜寻着。钻出一片玉米地,眼前出现一个农家院落。这家农户的住房与一段城墙连接在了一起,房屋就仿佛古老的城墙长出的新"枝",让人不禁产生了诸多联想。院子里一棵老苹果树下坐着一个老妇。我老远就向老妇打招呼，老妇一副毫无知觉的样子。走到老妇面前，老妇一脸茫然地望着我。老妇的耳朵已经不中用了。我给她比画了半天，她只是咕哝了一些音节，再也没了下文。

老妇家不远的地方，还有一户人家。一位光膀子的男人正在翻地。看到我们向他走去，光膀子的男人放下铁锨，热情地迎了上来。

52年的记忆

男人叫袁忠兴，山东人，1956年来到破城子。他的年龄让我吃了一惊：80岁。80岁的老人怎么还劳动呢？老人家呵呵笑着说：闲着也是闲着，干点活反倒可以活动活动身子骨。

袁忠兴来到破城子那会儿，破城子外围的城墙比现在好多了，保存最好的则是护城河。城里面到处都是一人多高的荒草，荒草下面布满了大大小小的土坑，有的坑甚至深达4~5米。破城子里面为什么有如此多的坑？当地传说，是俄国人在城里挖财宝时留下的。古城里还常常有野生动物出没。因此，即使大白天，居住在附近的村民一个人也不敢贸然进入破城子。

秋冬农闲季节情况就完全变了，大伙往往赶着马车结伴进入破城子。村民们进城只有一个目的——挖土。有些村民也顺便打些野草,拉回来当柴烧。袁忠兴也弄不清楚村民们是怎么知道用老城的土做肥料的。不过,破城子里面的土肥力特别强却是事实,按照现在的话来说,破城子里的土就像化肥一样。

挖土肥也有经验,否则挖回来的土肥力就会出现问题。村民们需要的土肥实际上是收集来的。经过春夏季节的风吹日晒,破城子内密集的土坑里淤积了大量颗粒状的浮土。这种浮土就是最好的土肥。把坑里的浮土装到车上,然后拉到大田撒开,来年只要有水,基本上就能获得好收成。袁忠兴不记得有谁期待从古城里能够挖出真正的财宝,因为,大家都知道财宝早就被俄国人挖走了,他们挖出来的只有一些铜钱、瓦片之类的东西。

大概在1970年以后,上面传下来命令,说,古城是文物,不允许村民进城挖土了。从此,再也没有人进城挖土了。

至于古城为何落魄成一片废墟,据说,在很早以前有大军围困该坡,无奈城墙坚固,守城士兵顽强,攻打多日,没有任何成效。后来,有人献计使用猫攻城。具体做法是,收集所有能收集到的猫,然后,将猫尾巴蘸上燃油,同一时间点燃猫尾巴。尾巴着火的猫,疼痛难忍,不顾一切窜上城墙,逃进城内,结果引发了城内大火,最终城被攻破了。相传,当时有一万多只火猫窜进了城。

谁建筑了古城

考古学界有这样一种说法：后来者总是占据前人的地盘，于是就出现了文化层叠压现象。那么这座庞大的古城又是何人所建？古城的名称又叫什么呢？

从现有研究来看，自西汉以降，这片土地上曾经发生了不胜枚举的战争，政权更迭，改朝换代，城市毁损重建等事件。那么我们现在所见到的古城遗址是否就像出土文物昭示的一样，是一座唐代古城呢？

著名学者薛宗正先生对吉木萨尔历史以及破城子遗址做过详尽研究，他认为破城子就是唐代北庭古城遗址。

北庭，即唐代北庭大都护府治所在地。资料显示，北庭大都护府设于武则天长安二年（公元702年），下辖金满、轮台、蒲类、西海4县。开元二十一年（公元733年）改设北庭节度使，辖瀚海、天山、伊吾三军。瀚海军驻北庭城内。贞元六年（公元790年）吐蕃攻占北庭，唐对北庭的统治即告结束。回鹘西迁后，北庭又称别失八里，是高昌回鹘的重要基地和王族避暑胜地。元代在此设立"宣慰司"、"元帅府"等重要机构，仍为北疆重镇。城址约于明代初年荒废。

清代中后期，我国学者徐松首先来此调查，发现了唐金满县残碑等文物。1908年和1914年大谷光瑞、斯坦因等分别来此。1928年西北科学考察团亦曾发掘,并由中国学者袁复礼测图。中华人民共和国成立后,西北文化局和新疆文管会、博物馆多次派人调查和征集文物。

唐代北庭大都护府的建立,加强和巩固了唐王朝对天山以北、巴尔喀什湖以东以南地区的统治。北庭也因此进入了历史上最辉煌的时期。同时,也给后世留下了丰富的人文遗产。

神秘的土包子

袁忠兴来到破城子那年,破城子一带最显著的地方,就是破城子西面耸立的一个大土包。袁忠兴听当地人说,土包子下面埋着神,至于究竟埋着什么"神",却没有人能够说清楚。由于这个原因,居住在破城子的居民对这个土包子采取了敬而远之的态度。

大概20世纪60年代初期,有村民偶然经过土包子,看到土包子一侧被雨水冲刷出来一个黑幽幽的洞,好奇的村民走到洞口向洞内张望,黑暗中村民看到一张凶神恶煞般的脸。村民以为眼睛花了,再仔细看看,那张面孔竟然是真的。村民魂飞魄散地逃回到村里,无端大病了一场。说来也奇怪,这个村民痊愈之后,经常偷偷独自前往那个土包子。有人曾经看到这个村民悄悄地在土包子前点火。

这个村民在洞穴中看到的究竟是什么呢？这个大土包子又是做什么用的呢？

现有研究证实，这个土包子就是回鹘西迁北庭之后兴建的国寺，因地处古城西面现又称西大寺。吉木萨尔县现存的高台寺、千佛洞也是这些时期的产物。资料显示，北庭所属伊、西、庭三州在宗教信仰方面主要流行汉传大乘佛教，后来回鹘也接受了汉传大乘佛教。这期间北庭诞生了唐代高僧悟空、回鹘僧都统僧伽萨里等众多高僧大德。僧都统是佛教最高僧官，僧伽萨里法师，北庭回鹘人，回鹘佛教代表人物，生活于10世纪，即蒙古兴起之前的北庭回鹘佛教鼎盛期。精通回鹘文、汉文、梵文、焉耆——龟兹文等。伽萨里法师曾经翻译了大量佛经，并且流传了下来。

1979年至1980年，中国社会科学院考古研究所对西大寺遗址进行两次发掘，佛寺全貌显露了出来。该寺院是一个建筑面积近3500平方米，高三层洞穴式建筑群。发现了大批泥塑像和精美壁画。由此，我们可以推断那个农民看到的无疑就是泥塑佛像。

我们来到西大寺，投资3000多万元的西大寺保护工程正在紧张的施工过程中。据说，项目完成之后，西大寺将成为一个集展览、研究等为一体的综合建筑群。

别迭里山口通向西天的天路

别迭里山口位于乌什县西南78千米处的天山南脉,海拔4264米。公元前36年西汉时期,陈汤、甘延寿率领数万大军平叛,翻越的就是别迭里山口。到了唐代,别迭里山口成为丝绸之路中道交通要冲。公元628年,唐玄奘翻越别迭里山口,沿着现吉尔吉斯斯坦伊塞克湖西行至印度,最终取得了真经。

2008年7月31日中午,我揣着一腔重走玄奘之路的激动,从乌什县出发踏上了这条凝聚了太多历史的古道。

别迭里烽燧

先进的交通工具汽车,让我们省去了许多古人曾经历过的、现代人可能根本无法想象的准备工作,我们甚至连一瓶水、一块干粮、一件服都没有带,便开始了一场奇妙的旅程。

离开乌什县城，随后又穿过亚曼苏柯尔克孜族乡，村庄、人家、树木等等妨碍视野的景物都消失了。漫漫荒漠中，一条土黄色的沙石路，慵懒地指向远处的天山。

陪同我采访的乌什县干部王海军兴奋地说："太奇妙了。我们竟然走在几千年前古人探索出来的古道上。如果玄奘师徒还在路上，我们肯定能撵上。说不定，他们还要搭我们的便车呢？"

耳畔回旋着车轮碾压在沙石上发出的刷刷声，目光搜寻着荒漠上一簇簇荆棘呈现的小黄花，以及可能出现的黄羊等生命，我们的旅程轻松得如同一次郊游。

接近万山丛中那条隐约可见的山谷之前，荒原上突然跳出了一个黑点。由远到近，黑点很快聚焦成一座人工建筑。距离乌什县城约38千米，扼守着通往别迭里山谷要冲的别迭里烽燧，穿越将近两千年的时光，真实地耸立在了我们面前。

《乌什县志》记载了这样一些别迭里烽燧的文字：烽燧外有台阶可至顶部，上有火烧红土遗存。烽燧呈梯形状，东西长12.7米，南北宽9.8米，顶部东西长7.5米，南北宽3.5米，残高7.3米。

据考证，别迭里烽燧为两次修筑，始建于东汉，原筑为夯土，夯土间夹杂有木头层和柴枝层；第二次修筑在唐代，古人采用在原烽燧四周用卵石垒砌，然后填充小砾石和沙土的方法，将这座烽燧修筑成了一个类似城堡的建筑。有人说，别迭里烽燧是我国万里长城西端的尾,或者说是长城西头的起点。

在烽燧附近盘桓了许久,登上烽燧顶部,环顾四周,我开始佩服起古人的军事眼光了。别迭里烽燧不愧为一道耸立在别迭里山谷出口处的前沿哨岗。站在烽燧顶部,纵深4~5千米范围内别迭里山谷,谷底的别迭里河发生的任何情况,都在别迭里烽燧的视线以内。更幸运的是,烽燧采用卵石修筑外围的建筑特点,使得这座烽燧能够历经千年岁月,几乎完好地保存到了现在。

我找到了万里长城最西端起点的感觉。

渡河的牧民

进入别迭里河谷,山外的暑热立即被滔滔别迭里河水涤荡得清清爽爽的。随着海拔升高,河谷里的气温渐渐有了寒意。河谷两岸的山势也越来越陡峭。越野车经过一片乱石滩时,王海军发现了一根长度超过一米的北山羊角。我们还在为这个意外的发现激动不已,随后,又有两根粗壮的北山羊角出现在我们的视线中。或许是来得太容易了,我们的注意力很快又回到了河谷,以及河谷中稀疏的植物;游荡在悬崖峭壁间的山羊,以及偶尔出现在上面的牧民。

大概在进入河谷20多千米的地方,别迭里河对岸出现的一幕险情,让我和王海军差一点不顾可能出现的危险趟水渡河。我们乘坐的越野车转过一道悬崖,河对面趟着齐腰深河水忙碌的三个男人,以及站在岸边指手画脚的两个女人,使我们误以为他们可能遇到了大麻烦。当我们蹚着别迭里河支流的冷水,跑到主河道边准备下水时,对面的一个柯尔克孜男人招手示意阻止了我们即将开始的冒险。我开始纳闷了。他们在冰冷的河水里做什么呢?

招手的男人在下游几十米河面较宽的地方蹚着急流过来了。随后,他说的一些话,让我一时间觉得简直就是天方夜谭里的故事。

他们需要过河。但是,由于河水太大,他们的摩托车根本过不来。因此,他们必须得将主十道里的河水分流出去一部分,以达到降低水位,最终推着摩托车过河的目的。

男人说完这些话,顺手捡了一些木柴和干草,抱在怀里,又从原路蹚水过河了。男人在他们设计的分流处再次下到主河道中,另一个男人立即抱着一块大石头也走到水里。抱柴草的男人侧着身体,将怀中的柴草猛地一下压入水中,抱石头的男人则顺势将石头压在没入水中的柴草上。两人动作娴熟,配合默契,显然,他们使用这种方法渡河已经不止一次两次了。他们继续忙碌着。望着他们的身影,我从刚刚听到的采用这种方式渡河的"不可思议"中清醒过来。

据说，从别迭里烽燧到翻越别迭里山口的40来千米路程，玄奘师徒花费7天时间。他们一行穿越这条河谷的时候，肯定也采取过类似的渡河方式。相距千年以上的两个群体，为了渡过同样的一条河，竟然采用同一种方法，这是历史的巧合，还是某种暗示呢？

别迭里山口

我们抵达别迭里山口下海拔3100米左右的区域，阴霾的天空下起小雨，寒冷透过看不见的缝隙挤进车内，驾驶员瑟缩着打开了车上的暖气。我有些担忧雨水可能影响我们的行程。向导经过一番打听，带来了一个糟糕的消息：通向别迭里山口的公路，在几天前的一场暴雨中冲毁了。随后，他又解释说，与别迭里山口一山之隔的另一座山口，海拔约4500米，路途也险峻许多，这条路刚刚修好，我们的车完全可以上去。向导以为我会失望，接着说："目前一般的乌什县人所说的别迭里山口就是这个山口，两个山口直线距离不过几千米。按照千米数计算，这个山口距离乌什县90多千米。从山下到山口要经过盘旋22圈，长度有17千米。你绝对不会遗憾的。"

实际情况验证了向导的话。这条几乎在直上直下的山体上开凿出来的盘山沙石路，其险峻，以及垂直高度，超过了此前我走过的所有道路。大约在山腰线附近,植被完全消失了。风化的砾石仿佛生怕跌下深渊一般,密集地吸附在陡峭的山体上。它们的形状改变了常人对大山的理解和认识。我产生了一种正在走出我所熟悉的天地,即将进入另一个空间的感觉。

接近山口时,我们进入了云端。天上,不,准确地说就在我们四周飘起了雪花。抵达山口,雪又停了。云雾好像也理解我们的心情,不知不觉间飘飘忽忽就散开了。别迭里山口展现在我们面前的景象,震撼了所有人,以至于我们忘记了山顶的寒冷。

我猜想远处影影绰绰孤立于苍穹的大雪山,可能就是闻名遐迩的托木尔峰。近处的雪山和冰川,深谷间漂浮的云朵,以及我们身边背阴处的白雪,山体一侧向西流的河水,山体另一侧向东流淌的河水,总之,我们所看到的一切,似乎秉承天山的旨意,在4500米或者更高的高度上,左右着世间万物的兴衰。我不知道玄奘法师在别迭里山口感受到了什么。我只清楚,从这一刻起,我感悟到了山的灵气,明白了山也是生命。

资料显示,别迭里山口在汉唐时期就是丝绸之路中道的必经之地。《西域记》称别迭里山口为凌山,《经行记及》《新唐书·中国传》记为勃达岭。1943年以前,别迭里山口曾是新疆西出通商口岸之一，被称为"通向中亚的桥头堡"。

目前，阿克苏地区已经将别迭里山口定位为对外开放口岸，公路修通之后，别迭里山口将焕发青春。

游牧人家

从隘口返回海拔3200米的山脚下，别迭里隘口，这个陌生的生命在我血脉中产生的冲击波依然回荡着。我想找一座毡房，听牧民讲一讲他们心目中的别迭里山口。于是，我们走进别迭里河边一个低矮简陋得如同一堆破毡片拼凑起来的毡房。

毡房里光线很黯淡，阴暗中一个中年妇女转过身子，注视着贸然闯进来的几个男人。她的眼睛异常明澈，她巡视我们的眼波，以及毡房里阴冷潮湿的环境，让我想起别迭里河清澈寒冷的雪水。她似乎冲着我们微笑了一下，然后站起来，用一个木棍挑开蒙在毡房顶部通风口的毡片，毡房里顿时亮堂了许多。中年妇女实际上是个年轻的少妇。

毡房里的摆设简单得只能维持最基本的日常生活需要：铺在地上的几块毡子，堆在一起的被子，架设在毡房中间的铁皮火炉，茶壶、水桶，靠门边的地上的两个瓷盆，一摞茶碗，以及那只盛放酸山羊奶的铝锅，两袋面粉，半个冰冷的玉米面饼子,就是这个家庭的全部。

同伴们无法接受酸山羊奶的滋味。我同样不敢恭维这种酸得让人哆嗦的饮料,但是,我必须得接受眼前的现实,必须得在最短时间,学会用牧民的眼睛看待草原,看待游牧生活。我大口喝着酸山羊奶,然后,在心底品尝着酸楚,品尝着我们无法想象的高原带给生命的挑战和机遇。

门帘摆动了一下,一个老太太裹挟着寒气走了进来,她身后还跟着一个小男孩。我猜不出老太太褐红色的脸膛,是寒冷所致,还是高原紫外线的作品。老太太的穿着有些不伦不类,她甚至将一条化纤毛裤套在裙子外面,毛裤的裤腰则提到了胸部以上。她的这身装束,给人感觉她已经将所有能够抵御寒冷的东西都捂在了身上。

老太太可以听懂几句简单的汉语。她叫木勒沙罕,已经69岁了。这个毡房里住着三个人。他们是阿合奇县虎狼山乡的牧民。年轻女人是她的儿媳妇。去年,几乎是同一个季节,年轻女人就在这个毡房里生了一个女儿,可惜孩子出生没有几天就死了。老太太说着,用手比画着在脖子上抹了一下,然后,吐出半截舌头。她用手语解释着孩子已经死了。

他们的财产主要在草原上。老太太的儿子正赶着22只山羊、1头牛在某一个山梁上放牧。

在她的记忆里,附近的牧民没有谁登上过我们刚刚下来的别迭里山口。其中的原因主要是山口太高没有草，其次那里是边界。

离开老太太的毡房前，我将摄影包里能够找到的饮料、口香糖、香皂、笔以及20元零钱全部留给了他们。老太太和她的儿媳妇没有拒绝我的馈赠。她们从毡房里出来，跟在我后面，一直将我送到了百米之外我们的车上。越野车的发动机响起来的时候，老太太和她的儿媳妇一前一后的用手敲着车窗。我在车里向她们挥了挥手，微笑跳上了两个草原女性的脸颊。我的泪水夺眶而出。他们心中有着一座什么样的别迭里山口，以至于他们宁愿守着贫困，却无法超越？

地下的火焰

少年时代,我曾经听父母谈到煤田着火的事情。据说,每个煤矿都存在这样一些禁区:表面看来,大地上并没有异样,但是,地表下面的煤层却在熊熊燃烧。不了解情况的人,一旦走进这些禁区,便会踩踏地表,掉入地下火海,化成一缕青烟。

仲夏时节,我带着少年时代对煤田大火的恐惧心理,在拜城县几个煤矿,了解了一些煤田灭火的情况,并且来到正在进行灭火作业的区域,感受了一番地下火海穿透地表的热。

山巅的青烟

通向拜城县煤炭工业公司一矿的山谷非常狭窄,两侧铅灰色的岩石山体,犹如一排排突然凝固的滔天巨浪,将造山运动迸发的巨大力量形象地定格了下来。在山谷中注视这些凝固的浪头，它们似乎随时都可能解冻，然后，一浪超过一浪，挑战更高的天空；也许转眼之间，这些解冻的巨浪就会被极度干旱的大地吸吮得干干净净，后来人甚至不会知道这里曾经有过连绵不绝的山脉。

接近一矿时，山谷内的情景越发荒凉了。闷热笼罩着山谷，没有绿色，没有鸟雀，没有风，山上的石头似乎也在绝望中开始大面积风化。

山巅上飘荡的缕缕青烟吸引了我。开始，我以为那些青烟是云。仔细看一看，它们又不像云。于是，我联想到神怪故事里精灵古怪施放的烟雾。在我看来，这荒山恶岭真的非常适合妖魔鬼怪恣意妄为，打磨气力。或许这个地方本来也是山清水秀的宝地，魔鬼来了，万物自然凋零了。否则山体上稀稀落落分布的芨芨草、麻黄、锦鸡儿等植物，怎么也是灰溜溜的样子？

转过一道石壁，山谷稍微开阔了一些。一股刺鼻的煤烟味钻进车厢。再看看高处，山顶冒烟处，竟然有一台正在工作的挖掘机。原来，山巅的青烟是地下煤层燃烧的结果，我们所处的区域则是国家确定的新疆两大煤田火区之一——库尔阿肯火区。

难怪山谷中环境如此恶劣。试想，被架在火炉上烧烤的山川大地,地表的情形能够好到哪里去呢?

据介绍,库尔阿肯火区全长35千米,面积50多万平方米,区内又分8个子火区。

谁放的火

拜城县煤炭工业管理局副局长李志刚说,库尔阿肯火区已经燃烧了50多年,纵火者则是我们人类自己。那么究竟是何人,为什么要点燃地下的煤层呢?

影响煤炭自燃的因素很多,简单地说,煤层燃烧主要有人为因素和自燃两种。实际上,即使是人为原因造成的煤层燃烧,也不是故意纵火。

日常生活中,我们都知道好煤堆放的时间长了,便会出现自燃现象。煤炭本身具有自燃倾向性,即具有低温氧化能力,也就是煤炭本身的物理化学性质和煤的成分,它是煤炭自燃的内在因素。许多年前,我就知道煤矿出产的煤分为不同的编号,当时虽然我搞不清楚一号煤或者二号煤之类的称谓具体指的是什么,但是,常年烧煤的经验,我却知道这些不同编号的煤,取暖效果有很大区别,也就是说有些编号的煤好烧,热量高,有些编号的煤炭不好烧。

李志刚说,煤炭的编号是指煤岩的不同成分,不同成分的煤炭，自燃性也不一样，褐煤比烟煤容易自燃；在烟煤中，长焰煤和气煤的自燃性最强；贫煤和无烟煤的自燃性较差；在同一编号的煤炭中，煤炭含硫越多，越容易自燃。

煤的这种自燃特性，决定了阻止煤炭自燃的方法就是将其与空气隔绝开来。好在自然界中的煤炭绝大多数都深埋在地下，煤层上面厚厚的覆盖层隔断了煤与空气之间的通道。但是，煤层暴露在地表的煤，情况就是另一回事情了。

人为因素则来自人类的开采行为。煤矿采空之后，如果封闭工作没有做到位，火就会在采空区燃烧起来，并且随着煤层的走向一直燃烧下去，形成地下火区。

李志刚说，煤田火区的存在不仅对煤炭资源造成了极大的浪费，当地脆弱的植被遭到焚毁，煤炭燃烧产生的大量有毒有害气体还会对大气和环境造成严重污染。

焚毁的财富

如果放任煤层燃烧，库尔阿肯火区每年将烧掉76万多吨煤炭。以目前效益非常好的拜城县煤炭工业公司一矿，现在年开采能力9万吨计算，整个火区一年就烧掉了一矿足足可以开采8年多的煤炭资源。同时，拜城县煤炭资源大多是优质焦炭煤种，也就是说拜城煤炭主要用来生产附加值远远高于煤炭的焦炭，按照1.9吨煤炭生产一吨焦炭，一吨焦炭1900元,其损失则更大。

这种情况对于任何矿区来说,无疑都是沉重和必须要解决的。

既然来到了火区,自然要到火场上看一看。无奈,我们的越野车实在不争气。小小的一个山坡,便挡住了前进的道路。我嘟囔着跳下了车,快步向上走去,没有想到脚底下竟然有些打滑。仔细观察这条只有链轨车碾压痕迹的"路"我吃了一惊,哪里是一个小坡呀,眼前分明就是一个坡度在45度左右的石壁。

爬上陡坡,前面的路明显开阔起来,坡度也降了下来,不过,煤烟味却越来越浓。我已经站在了火区上方。

大概是地下热力的作用,火区上的岩石裂开了一道道缝隙,隙间丝丝缕缕地冒着青烟。岩石的颜色也发生了明显变化,刚刚清理出来的呈带状的火区上,蒸腾着一股热浪。有些地段的火区似乎距离地面很近,以至于夹杂在推土机清理开的石块和沙土中的灌木枝条竟然被烤着了。

我想起父母曾经说过的话。我感觉脚下发烫。我发现炽热正透过鞋底传递到我的脚掌。我开始担心煤烟和热量会把我熏翻在地。蹲下身体,小心翼翼地摸了摸岩石,滚烫。我赶紧离开了火区上方的危险区域。推土机和挖掘机在另一座山头上工作着，它们推下山的石块，连撞带碰，带动山坡上的石头一直滚落到山脚下。

下山以后，我才知道我在火区的行为真的很危险。我还了解到所谓不争气的越野车，实际上是驾驶员故意所为。因为驾驶员很清楚，汽车进入不明情况的火区，随时都可能出现意外。

灭火队来了

2007年，新疆煤田灭火处二队进驻库尔阿肯火区，山顶上施工的车辆正是该队的机械。按照计划，库尔阿肯火区灭火工期为4年，总投入8000多万元。

库尔阿肯火区最浅的火头就在地表，最深的火点则在地下百米以下。因此，要想灭掉地下的大火，首先得挖开工作面。库尔阿肯火区有相当一部分处在天山前山区域，煤层随着山势起伏不定，地下火海同样随着山势深浅不一，其灭火难度可想而知。

我到达的火区部位正是灭火工作者昨天清理出来的工作面。接下来，灭火工作者将在火区上方钻探，钻孔要一直打到燃烧的煤层，然后，通过钻孔向煤层加压注水灭火。这是一项集前期勘察、技术、经验等为一体的复杂工作。钻孔深度打不到煤层,影响灭火进度,反之,同样会出现一系列问题。

观察灭火成效,主要依靠地面以及钻孔的温度而定。一般情况下,钻孔温度低于100℃,即可视为灭火成功。为了防止煤层死灰复燃,灭火工作者将用特制泥浆封闭钻口,隔绝煤层与空气之间的通道,同时,用泥土填埋曾经清理出来的工作面,这项工作将阻断山体裂缝与煤层之间的可能存在的空隙。这些工作完成以后,灭火工作者把矿区移交给地方,即可宣告灭火工程结束。

据介绍,煤田灭火是一项危险性大、难度很高的工作,我国为此专门制订了《煤田灭火标准》。新疆煤炭储量较大,同时,新疆又是煤田大火的重灾区之一。近年来,随着我国煤田灭火技术日趋成熟,新疆煤田灭火工作也取得显著成效。尽管如此,新疆煤田灭火工作依然是一项任重而道远的工作。

断层上的人工大湖

在很长一段时间,克孜尔水库都是新疆蓄水量最大的水库,同时,在相当长的时期,克孜尔水库还保持着国内水库建设领域的一个奇迹,即唯一一座大坝基址建在地壳断层上的水库。那么人类为什么冒着如此大的风险,建造克孜尔水库?水库投入使用以来,都发生了一些什么样的故事呢?

2008年9月16日,我坐在克孜尔水库大坝上,面对烟波浩渺的湖水,了解了一些围绕着克孜尔水库发生的故事。

F_2断层

克孜尔水库大坝一侧有一幢奇特的建筑,建筑内是一堵呈剖面状的原始土层,即F_2断层地质剖面。从标识上可以看出,最上面是距今一千万年的砂岩层,下面是距今一万年的第四纪砂砾石层，再往下一层又是距今一千万年的砂岩层，最下面还是距今一万年的第四纪沙砾石层。

按照常理，地质年代久的地层应该在下面，这段地貌怎么翻转了过来呢？仔细观察沙岩层和第四纪沙砾石的走向，你会发现沙岩层走向呈下降走势，第四纪沙砾石则压制着砾石层呈上升走向。对地质变迁有一定了解的朋友，看到这种情况肯定会联想到断层。事实也的确如此，这幢建筑内展示的正是克孜尔水库下面，地质断层的情况。克孜尔水库大坝一侧的地质剖面，在国内是难得一见的直观地质教材，具有十分重要的科学研究价值。

那么何为断层呢？地壳岩层因受力达到一定强度发生破裂，并沿破裂面有明显相对移动的地质构造称断层。"F_2"又是什么意思呢？F为英文fault的第一个字母，2表示断层序列。

克孜尔水库F_2活断层是却勒塔格山褶皱中规模较大的纵向断层，属于天山山脉东西走向复杂地质构造的一个小分支。断层东起库车县阿艾乡铜场，沿西南方向延伸至拜城县赛里木镇，全长约70千米，宽约80米，垂直断距14米，目前这个断层还在活动。F_2断层贯穿了水库大坝。

1958年，一场历史上罕见的特大洪水袭击了渭干河下游的库车县。由此，在渭干河上修建一座水库的设想诞生了。当时由自治区水利厅几名工程师组成了工程勘察设计队，进行了前期勘测。结果发现了F₁和纵贯库区的F₂断层,工程地质条件非常复杂,处于强震地区。针对这种情况,人们犹豫了。后来,当时的地质部部长李四光说,水库可以建,但要加强对F_2断层的观测。

湖底的彩陶

新疆文物考古研究所研究员张平多年致力于龟兹文化研究,但是,有一个悬而未解的问题一直困扰着他:在现有的文献记载中,龟兹出现于西汉时期,当时龟兹人口已达8万之众。如此庞大的人口数量,不可能一夜之间,从天而降,然而,没有相关考古证据又不能下结论,学术界只好将没有文字记载的龟兹称为前龟兹,至于前龟兹的起始年代,以及社会经济发展等情况多年来都是空白。

1989—1992年,张平参加了克孜尔水库工地的抢救性发掘工作。

墓地位于木扎提河和克孜尔河间的台地层,土质为沙砾土,透水性好,160座墓葬没有出土南疆古墓葬中常见的干尸,不过墓葬中绝大部分出土骨骼保存完好,并且出土了石器、铜器、玻璃珠、彩陶等珍贵的器物。经碳十四检测,墓葬距今在3000年至2500年。

在考古学界有这样一种说法：考古就是考察了解陶器。大约距今1万年的新石器时代，人类学会了使用黏土烧制陶器。陶器的出现标志着人类通过改变物质的属性认识世界的开端。彩陶的出现则与人的审美，以及原始宗教意识的萌芽与发展有着千丝万缕的联系。彩陶的兴衰，就是古人社会兴衰的真实写照。

从新石器时代开始，陶器就是人类生活不可缺少的容器，直到如今我们依然在使用着古人发明的这个专利，只不过绝大多数粗糙的陶器已经被现代精美的瓷器、玻璃器以及各种各样的金属器皿取而代之罢了。

渭干河、库车河、塔里木河养育了龟兹文化。到魏晋时期，环塔里木盆地实际上已经形成以龟兹、疏勒、于阗三足鼎立的绿洲文明构架，它们都有一个共性，就是依水傍河。

张平说：20世纪80年代以来，新疆有碳十四测定的考古发掘距今没有突破4000年的，克孜尔墓地的发掘，将龟兹文化的历史一下向前推演1000年到500年。萦绕在龟兹研究上的许多问题因此迎刃而解。一系列新的考古发现，无疑是克孜尔水库的意外收获。

如今，曾经的墓葬地早已经沉入水下。但是，古人留存下来的信息却被考古工作者收集了起来。若干年后，未来的人们肯定会伫立在克孜尔水库大坝的坝址上，考证大坝修建的过程以及原因,他们依然可能会遇到一系列难以想象的问题。

地震与环境

1972年,克孜尔水库库区第一个F_2断层形变观测站建立了。1985年,克孜尔水库主体开工修建,1990年截流成功,1992年水库竣工蓄水,1998年克孜尔水库通过了水利部的竣工验收。一座最大蓄水量达6.4亿立方米的水库就这样出现了。

地震与地质断层的活动密不可分,活动断层更是地震的高发区。目前,克孜尔水库库区建有两个F_2断层监测点,5个地震监测点,这些不同的监测点就如同人类深入地下的触角,每时每刻都在收集着库区下面地层的变化数据,防范着随时可能发生的地震等灾害。

克孜尔水库管理局办公室主任余向阳告诉我,5个地震监测点,每年都能监测到数以百计的地震过程。断层对地球科学家来说特别重要,因为地壳断块沿断层的突然运动是地震发生的主要原因。科学家们相信:他们对断层机制研究越深入,就能越准确地预报地震,甚至控制地震。

1999年发生的5.7级地震是水库建成之后,库区遭遇的最大的一次地震。地震中水库大坝出现了不同程度的裂痕,对水库的运行造成了一定影响。人类的智慧和胆识遇到了来自大自然的挑战。地震过后,克孜尔水库管理局对大坝出现问题的部位进行了加固处理。

余向阳说,那次地震震级虽然不算太大,但是,震感却非常强烈。水库东南面的确勒塔格山发生了多处山体崩塌,垮塌的山体荡起的灰土,就像沙尘暴一样笼罩了确勒塔格山。

2005年9月,库区连续发生了4.8级、4.9级等多次震感强烈的地震。经过除险加固的克孜尔水库大坝经受住了考验。

水库蓄水后不久,最长水面达到22千米的水库,成为干旱的南疆大地上一座大型人工湖。距离库区最近的拜城县克孜尔乡的人们,呼吸吐纳之间,很快发现空气湿润了。库区西面的荒原随即也发生了戏剧性的变化。以前几乎寸草不生的大地上,渐渐出现了绿色。被当地人放归野外,几乎变成野骆驼的家驼,敏感地捕捉到水的气息,成群结队地来到这片荒原。近年来,一些牧民也开始在这一带放牧。

水 与 鱼

20世纪80年代以前,渭干河以及上游的木扎提河、台勒维奇克河、卡普斯浪河等曾经以盛产鲤鱼、草鱼、鲫鱼,尤其是新疆大头鱼而著称。在历史上,捕鱼曾经是生活在渭干河畔人家的一项重要的收入之一。

　　克孜尔水库没有修建以前,每年四五月间正是沿河居民下河捕鱼的季节。捕鱼人经常可以抓到10千克左右的大头鱼。水库修起来以后,有人曾经在水库大坝前面的一个深水坑里,捕捞上来一条近20千克的大头鱼。

　　余向阳说,克孜尔水库不仅是下游库车、沙雅、新和县的生命之水,灌溉着下游360万亩的农田,这里还是人工繁育养殖新疆大头鱼的基地。近年来,有关部门几乎年年向克孜尔水库里投放大头鱼苗。就在我来到水库的前两天,渔政部门又向库中投放了一批大头鱼苗。

　　资料显示,新疆大头鱼又称新疆鳇鱼,学名新疆扁吻鱼,属裂腹鱼亚科中生长快、个体大、性成熟晚、繁育率低的大型食肉型鱼类,在我国仅分布于塔里木河流域的珍贵鱼类,具有很高的经济价值和科研价值。1988年被国家列为一级保护濒危野生动物,是新疆现存鱼类及多种新疆地方鱼类中唯一达到此等级别的珍贵鱼类。大头鱼是食肉型鱼类,主要食物是小杂鱼,捕食十分凶猛。20世纪50年代,新疆大头鱼还广泛分布于塔里木河流域的大小支流里,而且个头大,数量多。遗憾的是,由于人为的原因,新疆大头鱼的主要生存地塔里木河流域,已经很少能看见它们的踪迹。目前,只有在渭干河、克孜水库以及上游的木扎提河等还有少量的残留个体。

克孜尔水库人工繁育养殖新疆大头鱼虽然是一件好事情,不过,渔政部门,包括水库管理部门也遇到了一些难以解决的问题。由于水库面积太大以及泄水闸拦鱼网的问题,人们无法掌握放养大头鱼的生长情况,还有许多鱼类乘着水库泄洪时,溜到了渭干河。

就像水库投入使用之后,招引来数以万计的鸬鹚、鱼鹰等鸟类一样,湖区还诞生了一些新的专业捕鱼者。对此,我们又能说些什么呢?

塔里市盆地:挥不去的土纺织

站在拜城县黑英山乡明布拉克村头凉爽的柳树荫里,注视着水渠里的水脉脉流向远方。巍峨的天山渐渐远去了,时间似乎也开始慢了下来。当我从某种类似虚幻的状态中清醒过来,我发现自己正停留在数百年前,甚至更古老的年月,一个同样静谧的中午,一个同样的村庄。

村庄素描

明布拉克村是拜城县黑英山乡最遥远的一个行政村。越过村庄西面的一片戈壁, 村民们就可以直接和天山对话了。实际上,即使在村里,这种对话也在年复一年地进行着。天山通过那条发源于大山深处的溪水,日夜不息地带来山里的信息,村民们则通过渠水的冷暖了解山里的阴晴变换。

村里唯一的一条公路是顺着溪水延伸的。延伸的公路两旁，依附着树木、人家以及他们最重要的生活建筑——馕坑。沿着公路走一走，路两边几乎随处都能看到原木制作的盆、桶之类的生活用品，以及木制的马车、手推车等等。最让人疑惑的是各家各户的馕坑，它们就如同主人家的哨兵，顺着溪水，站在每户村民家正院的最前沿，一字排开而去。

我来到村里的时候，大约有三分之一的馕坑前围着两三个妇女。她们要么正在向馕坑里面贴生面饼，要么观察着馕坑上的圆口冒出的青烟，只等着青烟散尽，开始向滚烫的馕坑内壁贴生面饼。其中，有一家的三个妇女刚刚点燃了馕坑里的干树枝，火舌携带着浓烟从馕坑上面的孔洞喷发出来，形成了一道奇特的景观。有个妇女大概觉得柴火不足以烧热馕坑的内壁，一只手臂夹着几根枝枝杈杈干树枝，一只手则举着树枝躲避着火焰不停地向馕坑里添柴火。

陪同我采访的拜城县干部刘斌感慨地说：外界已经看不到的烤馕方式，在黑英山完整地保留着。这种方法烤出来的馕肯定香。

我赞同刘斌的观点。我觉得村民们这样布局设置馕坑，很可能还有另一层含义。明布拉克村民们的生活是闲淡甚至是贫穷的，这种闲淡就如同村里随处可见的老桑树。许多年过去了，表面看来老桑树似乎还是那个样子，但是老桑树之间无形的竞争每时每刻都在进行着。首先是为了活着的竞争,然后是为了更好地活着。竞争的方式很明了,哪一棵树枝繁叶茂,哪一棵树桑葚多,这棵树肯定就是胜者。

馕是村民们的主食。妇女们烤馕也是一样的。同一条溪水灌溉的土地,同一片农田出产的小麦。色、香、味,谁家的馕烤得最好,哪个妇女是村里最优秀的家庭主妇。好吧,出来展示一番。村头的馕坑冒烟了,村尾的人家一目了然。村尾的馕烤熟了,村头的人家同样看得清清楚楚。一切都明摆着呢。

土 纺 织

桃树、杏树、桑树、葡萄架藏掖的农家院落,恬静中透着某种自给自足的气息。阿西木的女儿出嫁了。古兰丹木的婆婆无常了。阿依古丽生了个儿子。海拉提家的油鸡一窝孵出10只小油鸡。都是些琐碎的事情。都是些过日子离不开的事。

村里许多人有关季节的概念是这样的:羊羔子奶声奶气叫着穿过村庄的声音还没有散尽,桑葚红了,杏子黄了,麦子也熟了。当然,这并不能说村民们就没有其他兴趣爱好了。在村里随意推开一道人家的门,你会发现自己竟然走进了土纺织记录的黑英山历史。

黑英山乡最出名的是土纺织。土纺织技术和花色最好的在明布拉克村。村里最有名气的纺织能手则是帕丽旦木·牙库普。但是,不知道什么原因,帕丽旦木·牙库普的名气和她的现实生活带给我的却是一种矛盾的沉重。房间里的光线有些黯淡,望着帕丽旦木·牙库普坐在高大的木制织机前的背影我联想到一位朋友曾经说过的话:有时候错了,坚持下去就对了;有时候对了,放弃就错了。

相对于现代纺织工艺,帕丽旦木·牙库普坚守的土纺织手艺,不知道已经落后了多少代了。帕丽旦木·牙库普用一个星期制作一平方米手工地毯的工作成绩,在大机器厂房里,只是瞬间的事情。她耗尽一辈子纺织的地毯、麻袋、褡裢以及其他土纺织产品,或许抵不上一个普通的纺织品交易商一单生意的数量。

我无法想象,从14岁开始,一直做到40岁,一个人日复一日,重复一件劳动,听一种声音,触摸一种物质,需要什么样的耐力或者勇气。帕丽旦木·牙库普做到了。她错了,还是对了?她的青春在不知不觉中织入土纺织的经纬线,她为什么将自己的手艺又传给两个女儿,传给了村里其他妇女?

我继续在黯淡的光线中寻找着。帕丽旦木·牙库普大概刚刚洒扫过房间,阴暗的土地上留下不规则的水渍痕迹。水渗入泥土,然后携带着泥土中的物质又挥发出来的气味在我的鼻息间游走着。这种情景很容易让人萌生怀旧之感。时间一分一秒过去了。帕丽旦木·牙库普利索地织着她的地毯。我敢肯定,即使没有任何光线,她依然能够不差分毫地继续工作。

我想起帕斯捷尔纳克的诗《屋子里不会再有人来了》,随即艾略特的诗《小吉丁》中的诗句又跳了出来:不管你是什么季节,也不论你从哪个方向来,现在的小吉丁就是英格兰的历史。

帕丽旦木·牙库普从事的事情不正是黑英山的历史吗?

2007年1月,黑英山乡土纺织被列入新疆维吾尔自治区非物质文化遗产保护名录。

颜料旧事

有纺织,就离不开颜料。黑英山土纺织技术是古老的,他们使用的颜料同样让人觉得意外。核桃皮、石榴皮、蒲公英、黑蜀葵等植物在这里都是染料。还有一类出产于天山的矿物质,以及锅底灰也是土纺织使用的必备颜料。

无独有偶,20世纪90年代初期,新疆文物考古研究所配合拜城县克孜尔水库建设,对克孜尔墓地进行了抢救性发掘。墓葬中不仅出土了一定数量的彩陶,而且还出土了石质化妆棒,以及红黑两种矿物质颜料。这是多么有趣的一件事:

克孜尔墓地距今已经3000多年了,谁能想到,同一个县城,不同的一个地方,3000多年后的黑英山还在使用着最原始的颜料。

我查阅了一些资料,最早记载矿物质颜料的文字大约出现于商周时期,战国时期《尚书·禹贡》上关于"黑土、白土、赤土、青土、黄土"的记载,即是指古人对具有不同天然色彩的矿物和土壤使用的情况。对于我个人而言,我比较熟悉的染料有红色的赤铁矿和朱砂以及指甲花等。

每年8月,从天山流出来的溪水清澈见底之后,村民们就准备进山寻找矿物质颜料了。因为这个时候春洪季节过去了,山里的气温也适合村民们在野外活动居住了(这种观察溪水的习惯还和当地人早年间进山砍柴有关系)。其他家庭一般是男人进山采颜料,帕丽旦木·牙库普多年前就离婚了,她只好自己上山采颜料。帕丽旦木·牙库普说,距离村子40千米的山里有6种不同颜色的石头,把石头弄回来磨碎,根据自己需要的颜色搭配起来,然后,将调制好的颜料与羊毛等织物一起装入铁锅,添水煮适当时间,织物上就能够浸透永不褪色的颜色。

帕丽旦木·牙库普最喜欢使用的是一种红色的石头染料,用这种石头的粉末配上一定的其他染料,染出来的织物,其红色红光发亮,异常鲜艳。当然了,黑英山几乎所有从事纺织的女性，在织物的着色和颜料搭配方面，也都有着自己的秘诀。

帕丽旦木·牙库普之所以出类拔萃，主要表现在她对地毯等纺织物的花色图案创新方面。黑英山乡的土纺织技术，是一代一代流传下来的，土纺织上的图案、边饰等花样基本上也是直接来源于历史。就如在某些介绍土纺织的资料中所描述的：同样大小的一块地毯，300年前和300年以后的现在，几乎没有什么区别。帕丽旦木·牙库普却在传统之中添加了自己的审美趋向，并且按照顾客的要求设置图案。兴趣来了，她还常常完全抛开传统，自己设计地毯的图案花色。

老 杏 树

帕丽旦木·牙库普家的院子很狭窄，干净的黄土地面经过成年累月的踩踏，平整坚硬得如同水泥地。院子中间偏西的位置有一棵歪歪扭扭的老杏树。杏树与土地接壤的部位呈现出一种相互融合的意思。如果仅从这个部位观察杏树，你会以为这是一截在很久很久以前栽在地上的木桩。

杏树毫无生气地戳在那里。你可以说它就是土地擎起的一个凸起物，也可以认为土地本身就是这截木桩子。岁月凝聚在它们身体里的冷暖，已经在无形中让它们成为了一体。

这些"它们"还包括帕丽旦木·牙库普家的黄土院墙,帕丽旦木·牙库普古老得如同储存旧物的库房一般的住房,它们既是一个整体,又分别是个体。这些"它们"既无痛苦,也无所谓幸福地沐浴着初秋的阳光,保持着某种遥远的静态。

"杏树不需要浇水?"

"……没有。"

"怎么没有结杏子呢?"话没有说完,我就发觉自己的问题太愚蠢了。

"……吃完了。"

帕丽旦木·牙库普家院墙外面同样站着几棵挂着数片黄叶的杏树,从杏树下经过来到帕丽旦木·牙库普家之前,初来乍到明布拉克村那种清静无为的美好印象消失了,我感觉自己是在某个废弃了多年的庭院,寻找一个不该发生的故事。从帕丽旦木·牙库普家走出来,再次回到溪水流淌的村里唯一的公路上,沿街打馕的妇女们已经各自回家了。空荡荡的街道上,只剩下几只黑油鸡围在馕坑前,搜寻着掉落的馕渣。我心事重重地思考着帕丽旦木·牙库普在黯淡的光线中工作的背影,以及那棵戳在地上的老杏树。

有男人抗着坎土曼出现在村头的公路上,随后,男人如同蒸发一样消失了。

两个人的世界。是的,这是两个人的世界。是男人和女人,阴与阳共同构成的世界。

帕丽旦木·牙库普的生活和生存环境迥然有别于其他村民,缺失的是她的另一半。半个世界的美丽,半个世界的无奈,它们交织在一起,构成了帕丽旦木·牙库普残缺的世界。由此,我又联想到土纺织。黑英山的土纺织同样是残缺的,我们童年记忆的缩影。它很美好,但是,这种美好仅仅是一种愿望罢了。

正如黑英山乡党委副书记黄林平所说的:许多人来到黑英山调查了解土纺织,他们的初衷就错了。土纺织只是一种传统,作为一种文化现象,土纺织是应该保护和传承的。如果我们抱着发扬光大的想法对待土纺织,就是倒退。

人类进入新石器时代已经上万年了,我们留下一些什么,又抛弃了什么? 人活着实际上就是活的一种状态。

塔里市盆地西缘故事

红色沙漠

在一般人的心目中，自然状态下的沙漠大多数是黄白色的，所谓红色沙漠不过是光线变幻出来的景色而已。初冬时节，我在塔里木盆地西部柯坪县，见识了一片由红沙子组成的红色沙漠。

红沙漠位于柯坪县东南部，距离县城十来千米路程，面积大概数十平方千米。沙漠中分布着稀疏矮小的荒漠麻黄、梭梭等植被。据说，严寒的隆冬时节，游荡在柯坪县西北部高寒荒原上的骆驼以及黄羊，为了躲避严寒偶尔会光顾这片沙漠，吸引骆驼和黄羊的则是沙漠中这些荒漠植物。夏季，沙漠中可见蜥蜴等小型爬行动物的踪影。

我们在柯坪县采访期间，当地最低气温在摄氏零度左右，骆驼和黄羊还在植被相对丰茂的山区采食，蜥蜴则早已经进入冬眠。因此，红色沙漠中除了死一般的寂静和荒凉，以及形同枯枝的麻黄和梭梭以外，整个沙漠中没有任何生命的迹象。

秋冬季持续的干旱，加剧了空气中浮尘的含量。红色沙漠映红了天空悬浮的尘埃，加上阳光的渲染，天空是混苍苍的红，地面是茫茫的红。遥望西北部，红色沙漠尽头隐约分布着一些孤零零红色的山包。感觉有些压抑，继而，我联想到美国灾难大片里的画面。

烈焰以红色沙漠为中心洗劫了大地，所有生命都消失了。曾经高耸的山头被烈焰烧成了红色，许多山体轰然崩塌了，岩石变成了细碎的红沙子，最顽固的石头则开裂成无数石块，形成了红色沙漠上一堆一堆，半是沙砾，半是砾石的包块，突兀地爬在红色沙漠当中。

那么红色沙漠是怎么样形成的呢？

面对不可知或者未解的事物，人们总能展开丰富的想象，寻求可能的答案。于是，有传说红色沙漠曾经发生过惨烈的战争，以至于鲜血染红了大地。还有传说，红色沙漠以前也是黄色的。后来，沙漠中来了一头庞大的怪兽，躲在沙漠中袭击过往行人。有个勇士，只身进入沙漠，与怪兽周旋了四十九天，结果杀死了怪兽。沙漠是怪兽的血染红的。

实际上，红色沙漠西北缘那些红色的山体，既为我们提供了红色沙漠形成的答案,也告诉了我们这里的山体,包括沙子呈现红色的原因。

远处的红色山包在地质学上被称为丹霞山,红色沙漠包括远处的红色山包则为丹霞地貌。这种地貌以广东北部的丹霞山最为典型,所以称为丹霞地貌,也称红层地貌,所谓"红层"是指在中生代侏罗纪至新生代第三纪沉积形成的红色岩系。丹霞地貌的红色岩石则主要由红色沙砾岩构成。

柯坪县,包括红色沙漠地处地壳板块活动断层部位,地壳板块碰撞挤压,"红层"沉积抬升,在地表形成大大小小红色石山。这些石山的红色砂岩经长期风化剥离和流水侵蚀,形成孤立的山峰和陡峭的奇岩怪石,即为丹霞山,风化成沙粒,积聚成片则成为红色沙漠。

据介绍,目前,柯坪县已经将这片红色沙漠开辟为旅游区,来到柯坪县的人们往往要看一看红色沙漠景观,感受大自然沧海桑田的变化。

薄 皮 馕

柯坪县有一种奇特的大馕,当地人称之为薄皮馕。薄皮馕奇特之处首先在于它的色泽。不了解情况的人看到薄皮馕,根本无法将其与新疆传统意义上的馕联系起来。因为,薄皮馕一点也不像馕。

我在柯坪县就餐时就遭遇了这样的尴尬。当时，餐桌上摆着两摞面饼，一摞是表皮焦黄的馕，一摞是直径约50厘米，外表类似我们品尝烤鸭时搭配的烤面饼一般的大饼子。一张饼下肚，我有些纳闷柯坪县维吾尔人餐桌上怎么会出现这种面饼。一打听，我吃惊不小，面饼竟然是用馕坑烤出来的薄皮馕，它还是柯坪县独有的面食。

赛买提·艾米尔在柯坪县开了一家名叫"清晨馕店"的门面，他每天固定烤400来个薄皮馕，一块钱一个馕，随烤随卖，每天早早就收摊了。如果你错过了薄皮馕出炉的时间，并且想品尝薄皮馕，赛买提·艾米尔会说：对不起，请你明天提前来。赛买提·艾米尔说：薄皮馕最好是趁热吃，为了保证买馕的人吃到最地道的薄皮馕，他只能这样做。当然，也有特殊情况，比如有人提前预订大量薄皮馕。说着，他狡黠地对我挤了挤眼睛。事后，我才明白赛买提·艾米尔挤眼的意思。这两年预订薄皮馕的客人很多，他每天平均烤的薄皮馕数量远远不止400个。

薄皮馕的加工烤制方法，以及使用的馕坑与其他馕基本相同，它的最大特点是面饼薄如羊皮。其次，如果我们把传统意义上的馕称为硬馕，那么薄皮馕无疑就是软馕。还有一点就是烤薄皮馕手脚要麻利。薄皮馕的生面饼在馕坑里烘烤时间只有60秒左右，时间长了面饼会烤焦了，短了面饼会夹生。赛买提·艾米尔自豪地告诉记者,他的薄皮馕是柯坪县最好的。

记者了解到,薄皮馕卷羊羔肉和洋葱是当地招待尊贵客人的必备食品。家里来了客人,如果没有薄皮馕,是一件很没有面子的事情。因为,当地还有这样一个习俗,客人离开之前,主人要用薄皮馕裹上一些羊肉让其带走。历史上,柯坪县家家户户的主妇都能够熟练烤制薄皮馕,近年来,这项工作主要由赛买提·艾米尔经营的这样的馕店完成。

站在赛买提·艾米尔馕店前,我们讨论起薄皮馕的来历。我们周围很快围了一圈好奇的人。其中,一个老年人给我们讲了这样一个故事。

很久以前,有一群又饥又饿的士兵,经过长途跋涉来到柯坪地界。如何款待这批士兵成了一件让当地人头疼的事情。用传统的馕招待客人,烤制时间太长,饥渴难耐的士兵可能会饿死。另一方面,由于传统馕外层烤得焦黄,不利于士兵们下咽。但是,当地人又没有比馕更好的待客之物。此时,一个打馕师傅灵机一动,把生面饼擀得像羊皮一样薄,然后,贴到热烘烘的馕坑,不到一分钟工夫,喷香松软的薄面饼就烤熟了。薄皮馕由此在柯坪诞生了。

至于薄皮馕为什么没有流传到柯坪县以外,赛买提·艾米尔等人认为,是柯坪县比较封闭的原因造成的。赛买提·艾米尔随后补充说,这两年情况不同了,外面的人来得多了,大家都喜欢吃薄皮馕，宴席上也离不开薄皮馕，过不了几年，新疆人就都知道了。

据介绍，目前，柯坪县城内除了赛买提·艾米尔之外，还有一家规模稍大一些的专门烤薄皮馕的店面。外人来到柯坪县，临走前带上一摞薄皮馕，几乎是每一个外地人必须要做的事情。因为，除了柯坪县之外，新疆还没有类似的馕。

世外人家

柯坪县西北部干旱荒凉的大山中有个铁热克瓦提村，村里居住着一十几户人家，他们大多世代与寂寥的群山为伴，至今依然过着类似自然经济的生活。

前往柯坪县玉尔其乡铁热克瓦提村之前，尽管陪同记者采访的当地朋友，介绍了铁热克瓦提村的一些基本情况，但是，当我们驱车60多千米，穿过连绵不绝的狭窄的山口，蓦然进入铁热克瓦提村所在的，勉强可称得上山谷的区域，我还是被眼前的一切震惊了。

外面的世界已经蒙上浓浓的冬天气息，山谷里却是一派深秋景象。高低错落的杏林，叶子泛出铁锈红色，浓荫中的柳树似乎陷入某种沉思状态，林子里不时出现三两只鸡。呆头呆脑的母鸡自顾在草丛中扒拉着美食，丝毫没有理睬突然出现的几个陌生人的样子，机警的大公鸡气宇轩昂地瞄着我们看了一会儿，便又咯咯地叫着哄骗起它的妻妾。村里还有许多葡萄架，最有意思的是葡萄架上的葡萄，村民们给每一串葡萄都套上了一个布袋。至于其中的原因，乍一听颇有意思，仔细回味一番，却免不了有些酸涩。村里的葡萄太多，路途遥远卖不掉，村民们又吃不完，为了防止鸟雀或马蜂偷食，村民们就想出了这个办法。有些葡萄就这样挂在树上，晾晒成了葡萄干。

村庄四周是嶙峋高耸的光秃秃的石头山，山谷中间部位则是乱石滚滚的河滩。初看，村里似乎没有一寸可以耕作的土壤。但是，在只有十来户人家的村子里走一圈，我发现，村民们将山谷中所有能够利用的土地都利用了起来。靠近河滩的地方，他们用石头围起了一分、两分的土壤，然后种植蔬菜、麦子，甚至还有油料作物。悬崖边上，他们采用同样的方法圈起了每一寸土地，种植着生活需要的蔬菜。我猜想如果是夏季来到村里，这些依附在乱石边上，悬崖下面，甚至深入河滩的土地上，生长的作物和蔬菜营造出来的景色，一定比最美的风景画还要漂亮。

村民古莱孜罕·阿依甫家有70棵杏树，120只山羊，还有一些葡萄树以及几亩耕地。每年入夏之前，村民们刮下山羊绒，这一年首次经济收入也有了。随后，羊群就进入深山区域的牧场。除了羊以外，村民们另一项重要收入是杏干。70棵杏树,每年能给古莱孜罕·阿依甫家带来万元收入。

古莱孜罕·阿依甫说,没有公路,来回一趟县城需要三天,杏子熟了卖不掉,大家只好晒杏干。因为空气好,太阳好,热克瓦提村的杏干自然也好。说着,古莱孜罕·阿依甫打开凉棚下面的一个编织袋,请我们品尝杏干。

我不知道铁热克瓦提村是不是柯坪县唯一一个没有通公路的村庄,我了解的情况是,这里虽然交通不方便,不过,由于有畜牧业的支撑,村民们生活水平并不是太差。最难能可贵的是,不通公路,又深藏在大山之中,一年当中,几乎很少有外人进入这个村庄。村民们似乎也早已经习惯了这种平静安逸的生活方式,每个人脸上都挂着一种与世无争的悠然,整个村庄因此充盈着一种让都市人羡慕的自然味道。

柯坪县的泉

柯坪县是一个严重缺水的偏僻小县,县域内屈指可数的两条小河,一条河勉强维系着县城的饮用水系统,另一条河则担负着部分耕地的灌溉重任,两条河的前身都是大山之间,一眼眼大小不等的泉水。

柯坪县全县4万多人口,仅仅依靠这两条泉水汇集形成的小河,根本无法满足需要。当我把目光投向柯坪大地,我发现,干旱归干旱,如果撇开泉水的流量,仅以泉眼数量来计算,柯坪县的泉眼数量之多,在全疆范围内的县市当中无疑位于前列。难怪柯坪人谈起水的话题,常常深情地说:是泉水滋养了柯坪县。

库布拉克泉、昂布拉克泉、昆盖布拉克泉、贝力克泉、麻扎艾肯泉等等,随意翻阅了一下《柯坪县志》,我就查到了记载的30多眼泉。我在柯坪县待了两天,见到的泉数量大概不足当地泉眼总数的十分之一,但是,通过我的观察和了解,我还是感觉到了柯坪人对泉的特殊感情。其中,最突出的就是这里的每一眼泉几乎都有自己的名称,许多泉还有对应的传说故事。

阿恰乡齐兰村北部的音干泉,水质清澈,水温几乎与人体温度相当,近年来,随着旅游者的到来,音干泉成为一个在外界名气比较大的泉之一。生命离不开水源,音干泉泉水虽然不大,但是,它却像一个生命的磁铁,吸引来了大量的植被。中空的古柳树,挺拔的白杨树,沧桑的老榆树,如同泉的卫士,又仿佛随时听命于泉的召唤,恭敬地站立在泉的周围;杏林沿着泉水形成的溪流,延伸着植物与泉的对话;院落人家,高低错落,同样演绎着生命与水的故事。

陪同我采访的朋友告诉我,音干泉附近出产的杏子香甜可口,是杏中珍品。遗憾的是杏子成熟的季节早已经过去,甚至杏树叶子在秋风的吹拂下，也变成了暗红色。不过，我们很快就从当地杏干中体验到鲜杏的香甜。

音干泉不远处还有一座酷似绵羊的山体，人称绵羊山。相传，很久以前，音干泉边居住着一个勇敢善良的青年男子，有一次，他发现两只灰狼正在厮咬一只老绵羊。年轻男子抽出砍刀，从狼口下救出了老绵羊。绵羊的身体很快恢复了健康，并且显露了真身，这时青年男子才知道，自己解救的老绵羊竟然是在这里修炼的绵羊大仙。

为了感谢青年男子，修成正果的绵羊大仙把女儿嫁给了这个男子，随后，绵羊大仙选择了一座高山，昼夜守护着音干泉以及四周的人家和牲畜，天长日久，绵羊大仙就变成了现在的绵羊山。

柯坪县的泉水还有一个耐人寻味的现象，即泉眼往往出现在一些按照常理不可能出水的地方。荒凉的沟壑野地有了泉水，就有树木和人家，有人家则有杏树以及耕地。

柯坪县地处塔里木盆地西北缘，柯坪断裂与满古特断裂的复合部。地壳板块碰撞、挤压、扭曲、翻转形成地形地貌，暴露了地下结构的复杂性，这种复杂性决定了泉水可以从任何地方冒出地表，但是，由于渗漏严重，几乎所有的泉水都很小，有些泉水甚至没有见到阳光，便顺着地下裂隙，消失得无影无踪了。

红沙河探源

塔里木盆地西部干旱的柯坪县境内只有两条小河,一条名为柯坪河,一条叫红沙河。其中,红沙河因为维系着柯坪县城的饮用水系统,当地又称红沙河为生命之河或水源地。据说,红沙河上游还有漂亮的玛瑙,晶莹的水晶以及奇特的动物化石。

初冬季节,带着强烈的好奇,我进入了红沙河的发源地五彩峡谷……

生命之河

离开热克瓦提村,顺着红沙河继续向西北方向行进,我们进入了高山峡谷地带,河床上的卵石随即也变成了大小不等的巨石,石头的缝隙间则出人意料地长着一些同样巨大的古柳树。有些大树显然是被巨石严重伤害过,树干匍匐在狭窄的谷底,新生的枝干却顽强地重新站立了起来。在一块几乎将山谷拦腰截断的大石头前,我们不得不放弃车辆,改作徒步。

蹲在大石头下面,倾听着红沙河水穿越巨石下面的缝隙,涌流而出的流水声,感觉河水仿佛是从灵魂中向外倾泻的纯净物质。如果大山也有灵性,那么山里流淌出来河水,不正是从大山的灵魂倾泻出来的纯净物质吗?

翻过巨石,峡谷中出现令人惊悚的场景。灰白色的巨形石头完全拥塞了河道,确切地说是堵塞了整个山谷。巨石显然曾经是山谷两侧山体的一部分,地震或者自然崩塌,让这些岩石脱离了母体,跌入山谷。随后而来的山洪以及经年不息的河水,日积月累,磨去了岩石的棱角,形成了这些表面光滑,线条流畅的大石头。抬头仰望两侧峭壁,情形更加恐怖,几块已经开裂,但仍然镶嵌在山体上的岩石,跃跃欲试,似乎随时都可能纵身而下。顾不得欣赏峡谷中奇崛的风光,我们迅速逃离了险境。

在山谷中时而趟河水,时而踩着露出河面的石头,行进了一个多小时,感觉有些口渴,掬一捧河水,一饮而尽,回味冰凉之中的味道,河水竟然是甜的。再喝一口,仔细品味,依然甜丝丝的。难怪柯坪县将红沙河称为生命之河。

　　红沙河是一条泉水河,它的源头是一个叫贝力克泉的山泉。泉水溢出地表汇集成河,随后又接纳了一些小泉喷涌出来的泉水,最终形成了柯坪县仅有的两条小河之一的红沙河。在流出五彩峡谷之前,红沙河大部分河水,被埋没在谷口的自来水管道接收,剩下的一点水量,则潜入地下,直到十几千米外的玉尔其乡政府附近才重见天日。由于该地遍布红色沙砾岩,红沙河的名称便由此而来。红沙河上游区域,当地人也称铁力嘎瓦提河。

神奇石头

　　前往五彩峡谷之前,我了解到一些极其诱人线索:红沙河上游的峡谷中分布有玛瑙、水晶、神秘的化石等稀罕物。事实果真如此吗?

　　我的一位搞地质的朋友曾经给我介绍了一些找矿的经验,大概意思是说假如矿区有河流,河水和河沙很可能给我们带来意外收获。进入山谷之后,我把注意力首先放在了红沙河中的沙子里。很快我在细细的河沙中发现了几粒半透亮的沙子,它们是细小的玛瑙颗粒。随后,我在河道上选了几个点,期待在沙子里找到水晶踪迹,结果要么是我看走了眼,要么峡谷中根本就没有水晶,总之,河沙里没有水晶。

我在水边一门心思搜寻宝物的线索，其他同伴则把精力投入到了发现宝物上面。不一会儿，我们的向导亚力坤·阿力甫搬着一块石头，请我辨认。这家伙竟然找到了一块玛瑙。随后，他又从口袋里掏出一块片石，石头上镶嵌着一些螺纹状的东西，这是一块很好的古海洋化石。其他同伴多多少少也有收获，但是，大家都没有找到水晶。

亚力坤·阿力甫发现的玛瑙质地和色泽都不太理想，不过，他的发现却印证了我掌握的线索。既然有玛瑙，也有化石，那么为什么没有水晶呢？

资料显示，水晶是一种无色透明的大型石英结晶体矿物。它的主要化学成分是二氧化硅，跟普通沙子是同一种物质。当二氧化硅结晶完美时就是水晶；二氧化硅胶化脱水后就是玛瑙；二氧化硅含水的胶体凝固后就成为蛋白石；二氧化硅晶粒小于几微米时，就组成玉髓、燧石、次生石英岩。

我们所看到的岩石，按成因分为岩浆岩、沉积岩和变质岩三大类。其中岩浆岩是由高温熔融的岩浆在地表或地下冷凝所形成的岩石，也称火成岩或喷出岩；沉积岩是在地表条件下由风化作用、生物作用和火山作用的产物经水、空气和冰川等外力的搬运、沉积和成岩固结而形成的岩石；变质岩是由先成的岩浆岩、沉积岩或变质岩，由于其所处地质环境的改变经变质作用而形成的岩石。不同学科的专家则能够通过观察研究这些岩石，发现我们需要的矿物质，以及了解古生物分布或者地球气候的变化等等。五彩峡谷中的岩石类型多变，由此推断，五彩峡谷出产水晶是可信的。我们没有找到水晶，大概是缘分不到吧。

时空隧道

柯坪县地处塔里木盆地西北缘，柯坪断裂与满古特断裂的复合部。地壳板块碰撞，挤压，扭曲，翻转，变形形成的褶皱，既显示了柯坪县地下结构的复杂性，同时，也把大地深处隐藏的秘密暴露了出来。

古莱孜罕·阿依甫家房屋后面，有一座红色的小山包，山包向东与一道同样呈红色的狭长山脊相连。令人奇怪的是红色山包中央部位横向出现了一条黑色线条，线条一直延伸到山脊的尽头。我们一位同伴看到这种现象惊讶地说：大自然太厉害了，即使让我们拉上一根线，沿着线也画不出来如此平直的线条。进入五彩峡谷之后，峡谷两侧岩石上出现的褶皱，倾斜，叠压等地质景观，让我们的这位同伴竟然产生了学习地质知识的念头。

实际上，红色山包上的线条以及五彩峡谷地质景观，不过是地层不同年代的堆积及运动的结果。

地壳上不同时期的岩石和地层,在形成过程中的时间和顺序,被称为地质年代。地质年代又分为相对年代和绝对年代两种。相对地质年代是指岩石和地层之间的相对新老关系和它们的时代顺序。正常情况下,随着形成时间的不同,地层由地表向下,地质年代越古老,反之则越年轻。地质工作者通过这种不同的地层和岩石,就能够判断出它们的年代。

由于地处地质断裂带,五彩峡谷将不同时期的地层以剖面的形式展示了出来,穿行在五彩峡谷中,感觉就像进入了一条通向地层深处的时光隧道。另一方面,地壳水平运动,在地质断裂带上形成的地层年代反向叠压的现象,又给人造成一种时空错乱的感觉,从这个意义上来说,五彩峡谷不愧为一本形象的地质教科书。

据介绍,五彩峡谷是近年来发现的峡谷,目前,还没有专家对峡谷进行过考察,相信随着专家学者们的到来,萦绕在五彩峡谷上的地质之谜,将会被揭开。

塔里市盆地的盐山

食用盐是我们在日常生活中补充矿物质的一种方法,因此,对于绝大多数人来说盐是再熟悉不过的东西了。盐在自然界中的分布很广泛,海盐、湖盐、井盐、土盐等等,但是,你见过由盐构成的大山吗? 而且这些山是高达数百米,绵长十多千米的大盐山。5月23日,我在拜城县采访期间,不仅见到了盐山,还登上了盐山之巅,领略了一回异样的"会当凌绝顶,一览众山小"的感觉。

盐山真相

拜城县经贸委副主任徐作宽给我介绍该县的矿产资源的时候,偶然提到了开发盐矿的事情。在我的印象当中拜城县没有盐湖,距离罗布泊也很遥远,他所说的盐矿是什么类型的矿藏呢？

不说不知道，一说让人大吃一惊。拜城县竟然分布着大量的由盐构成的大山，最近的盐山就在距离拜城县十余千米的地方。我当即决定走近盐山，看看拜城县的盐山究竟长的是什么样？

距离盐山还有3千米左右，徐作宽便指着前方一座红褐色的山体说："那就是盐山。"

望着盐山我有些失望了。原来盐山并不是我想象当中的白色盐晶体大山。从我们所处的方位观察盐山，盐山就是一座南疆地区常见的那种光秃秃的土山，引不起人的任何兴趣。但是，我很快意识到自己犯了一个很大的错误。幸好有徐作宽的陪同，否则我极有可能错过一次增长见识的良机。

从远处看盐山，盐山显示不出任何有价值的信息。我们距离盐山数百米之际，眼前的景象完全变了。在雨水冲刷溶解下，盐山的山体呈现出一种嶙峋峥嵘之意，山体中间部位整块的白色盐晶，犹如一堵不规则的墙体，在山腰部位形成了一个个高大的盐晶体峭壁。

抵达盐山脚下，目测盐山的高度，大概在100米以上。我想尽快爬到山腰部位近距离观察盐峭壁，不曾想脚下的红褐色的岩石险些扎透了我脚上的皮鞋。弯腰再看看岩石，晕，岩石竟然是整块的夹杂着红土的盐疙瘩。雨水将盐块的向阳面溶解成多种锋利暗器,稍不留意就会被这些盐刀、盐锥、盐剑刺个正着。

徐作宽说,塔里木盆地曾经是一片汪洋,随着地壳运动地势抬高,海水退去之后,给这里留下了大量的矿物质。造山运动又将埋藏在地下的盐矿暴露了出来,形成了拜城县的盐山。

地质工作者曾经在这座盐山边上打井勘探,盐山地层下面上千米都是厚实的盐层。我们所在盐山,整座山含盐量在百分之八十以上。盐山给人造成一种土山的印象的原因,只不过是由于雨水溶解了山体表面的部分盐分,盐随着水渗入山体,或直接流向了山下的盐池,而土石与未溶解的盐形成的混合物则留在了表面的结果。

盐山下的村庄

盐山已经够奇特了,盐山下还有一座掩映在绿树浓荫中的村庄?从山上来看,距离盐山最近的一排绿化树几乎与盐山脚下的盐田融为了一体,林带后面麦田里的麦子长势也非常好,难道这里的树木和农作物对盐产生了"抗体",以致于能够在盐块上生长?

我们下了盐山来到村中,在树荫下面与几个当地村民聊起来。村庄名称为吐孜拜西村,隶属于拜城县拜城镇。村民总数不过百十来口,而且多数家庭都是祖居于此的老户。种植的作物有小麦、玉米等,林果则有葡萄、杏、核桃、苹果等。

我无法理解植物是如何在盐山下生长的。村民吐尔逊·肯吉对我的疑问同样不可理解。经过翻译的努力,当吐尔逊·肯吉明白了我话中的意思。他不以为然地随手指了指林带中央清澈的渠水说:"这个道理你都不懂吗?咸盐被水带走了。"

他的话让我恍然大悟。原来渠水是四季长流水,它就如同一个屏障,围着盐山脚下堆积的泥土绕了半圈,然后进入了村庄。盐山脚下的泥土经过多年洗涤,含盐量已经极少,因此渠水的盐分也不高。这种耕作模式类似盐碱区域的排碱模式,所不同的只是渠水既是排碱渠,又是灌溉和村民们饮用水的来源。

吐尔逊·肯吉是村里的干部,他说话的语气和神态都很幽默。

"吃盐(这里指山盐)的人劲大得很(隐喻性功能),盐块上面种树的呢。麦子当然长得更漂亮。"这是他的一段原话。

这几天,他遇到了一件头疼事。上级部门拉来了1吨多加碘盐。按照上面的要求这些加碘盐要尽快进入村民的家庭。可是守着一座盐山,村民们却不理会什么加碘盐。

吐尔逊·肯吉接着强调说:"我们吗,一个水桶带上,盐山下面打一桶水拿回来,水也有了,盐也有了。打馕吗,咸盐修的馕坑子,馕好了,盐也有了。"

盐做的盘子

吐尔逊·肯吉无意间透露出来一个让我极为兴奋的事情。他说,村里有一家人做饭不用放盐,拉条子下好了,盛到盘子里,用筷子拌几下就有盐味了。因为,这家人的盘子是盐块加工出来的。

凑热闹的村民很快喊来了用盐盘子盛拉条子的村民吐尼亚孜·阿西木。

吐尼亚孜·阿西木刚刚来到我们所在的树荫下面,转身又快步走了。不一会儿,他胸前抱着一个古铜色的圆家伙又回来了。当这个奇特的大家伙放在我面前时,我以为是某种石制的老古董。吐尔逊·肯吉示意我用舌头舔一舔盘子,舔过之后,我才明白这个笨重的圆形器物,就是盐块磨制的大盘子。至于为什么将盘子做得如此大,吐尔逊·肯吉说,盛手抓肉的盘子当然要比一般的盘子大了。

吐尼亚孜·阿西木用盐块制作盘子的手艺是家传的秘诀。我来到该村之前,他家的两个小号盐盘子不久前被外人高价买走了。摆在我面前的大盘子,是他用一星期时间刚刚完成的作品。吐尼亚孜·阿西木腼腆地笑了笑说："（用盐盘子吃饭）都是其他人编造的。盐盘子盛饭，盘子就化了。"随后，他补充说："盛肉可以。不用放盐。肉煮好了在盘子里翻一下，味道就出来了。"

制作盐盘子的方法很简单。先在盐山上找到大块盐块，然后，用专用打磨工具按照想要的器皿形状雕磨，直到成形，一件用整块盐制作的器皿就成功了。吐尔逊·肯吉曾经做过盘子、碗等器皿。但是，数量都很少。

吐尔逊·肯吉说，盐山上的盐块很结实，就像石头一样，缺点就是盐太脆了，以及含有泥土等杂质。因此，要想找到一块适合制作器皿的盐块是很麻烦的。盐山山腰部位的盐质地当然好，但因为没有切割工具，根本无法开采。其中，还有一个重要因素就是山上随时都可能塌方，几乎没有哪个村民敢接近盐山峭壁部位。

大概是出于保密的原因，除了一些大家知道的制作盐器皿的方法以外，吐尔逊·肯吉再不肯透露一点线索。我只能希望他能够把这门绝学传递下去。

回到拜城县我又得到了这样一个消息：手工磨制盐器皿的工艺，申报"非物质文化遗产"保护项目已经获得了成功。

盐山上的生命

形象一点来说,盐山上的地貌与岩溶地貌很相似,我们在攀登盐山的时候,徐作宽不停地叮嘱要注意脚下的洞窟。

山体上遍布的洞窟陷阱暗藏杀机,但是,我更感兴趣的却是山顶上的植物,以及悬崖峭壁上成群的野鸽。鸽子太聪明了,把家安在最危险的地方,反而找到了清净。

盐山顶部稀疏的植被的色泽,似乎也受到了盐土的影响,并不是我们常识中的绿色,而是呈现出一种类似荒漠植被的土黄色。盐山上能够生长植物,听起来有些不可思议。其实,道理很简单:经过成百上千年雨水的融化,盐山顶部表层的盐分渐渐被雨水带走了,盐分中的土壤和沙石则留了下来。徐作宽估计,盐山顶部的土石厚度也就是几十厘米罢了,但是,就是这层薄薄的土壤,让生命的种子找到了萌芽生根的空间。不过,遗憾的是这里的植被我一种都叫不上名称。我只能分辨出它们是草本植物。

吐尔逊·肯吉说,村里的这座盐山,宽度大概两千米,长度至少有十千米。在二十年前,现在可以看到的裸露的盐峭壁位置,曾经是一个高大曲折的岩洞,洞里面一年四季栖息着成百只野鸽子。那时候,村里的年轻人经常爬上山崖,打着手电进入洞内抓鸽子。洞里景色漂亮极了,有盐晶体的瀑布,光溜溜的盐壁,还有奇形怪状的盐疙瘩。近些年来,拜城县的雨水莫名其妙地多了,雨水溶化了盐块,盐山的变化也快了。去年春天,盐山靠近村庄的一面突然崩塌,露出了现在的盐峭壁。为了防止盐壁崩塌伤及村民,村里特意在盐山上拉了一道铁丝围栏,提醒人们不要靠近。

盐洞塌落之后,有些鸽子离开了盐山,一小部分鸽子则把家搬到了悬崖顶端雨水冲刷出来的洞中。鸽子窝所处的位置洞孔密布,随时都可能崩塌,因此,在十几年前村里就没有哪个村民敢冒险上山抓鸽子了。

吐尔逊·肯吉估计,盐山内部可能又形成大洞了。因为,盐山上下再大的雨,雨水基本上也不会从山体表面流下来,而是从山脚下涌出来。

目前,盐山上有一个盐场,他们采用引水冲刷的方法,把水管引到山顶上,喷水溶化盐,工人们只需要在山脚下围几个拦截盐水的盐池,经过晾晒就能收获盐。通过这种古老的生产方式,盐场每年生产工业和畜牧业用盐4000吨左右,企业效益也不错。

据介绍,拜城县还有许多座类似的盐山,全县盐储量在134亿吨以上。

探寻唐王城

位于塔里木盆地沙漠中的图木舒克市附近，有一座依山而建的古城遗址，当地人称之为唐王城。据说，唐王城很大，城中还有城市，里面还埋藏着宝藏。2004年年初，图木舒克市成立之后，该市组织专家学者对唐王城及其周边的历史文化遗迹进行了普查。普查的结果令人震惊，在大致以唐王城为中心展开的文化圈内发现的众多文物古迹，以及流散在民间的纸质文书，文物的出土，向世人展示了当地一个源远流长的历史画卷。2006年11月初，图木舒克市邀请新疆维吾尔自治区有关专家在当地进行文物鉴定，唐王城及其周边被沙漠掩埋的古迹再次引起世人的瞩目。

散落民间的铜兽纽印

在图木舒克地区民间流传着许多和文物有关的传说。去年11月中旬记者在当地采访五十一团的一位干部时得知，2004年，有一个农民不经意之间竟然挖开了一个古代的储藏室，里面堆放着大量的粮食以及冷兵器时代的兵器。这位干部还说，2005年当地一个农民在挖土的时候还挖出了几十个大瓷碗。还有农民耕地时捡这样那样的文物，以及发现女性干尸等种种传说。这片土地真有这样神奇吗？

图木舒克市建立之后，有关部门就在辖区内展开了大规模的文物收集工作，到2006年年底，收集私人收藏文物、文书40多种，其中有龟兹文、古阿拉伯文共8件，并从各古迹点上搜集了一批石器、陶器残片、丝织棉织品残片、铜铁炼渣、古钱币等文物39件。

图木舒克市文物局局长曾绪清还记得收集到珍贵的铜兽纽印时的情景。

2005年11月6日，曾绪清带领几个工作人员来到五十一团一个叫谢新河的职工家，刚开始，这位职工对曾绪清一行的来意充满疑虑。当他确信曾绪清一行是图木舒克市文物局工作人员，他将多年收藏的文物全部拿了出来。

曾绪清在众多陶器、铜器、玉器当中，一眼就盯上了铜兽纽印。多年宣传以及文物工作的经验，他意识到在这批文物中，这枚印章的重要性。他拿起印章，仔细观察了印文。文字虽然磨损严重，但是，从字体上明显可以看出是象形文字，也就是汉文。遗憾的是这枚印章是许多年前谢新河从其他人手中买来的,无法确定确切的出土地点。

曾绪清立即将这些文物进行了拍照,并将照片迅速寄给自治区相关专家。很快专家的初步鉴定结果出来了:这批文物非常珍贵,尤其是铜兽纽印。

去年冬季,曾绪清邀请自治区博物馆王博,新疆文物考古研究所张平等专家学者,对该市展览馆现存的600多件文物进行鉴定,这枚铜兽纽印以及其他几件文物被鉴定为图木舒克市展览馆的镇馆文物。铜兽纽印为汉晋器物。

粟特文文书

图木舒克市文物局工作人员肖必胜则经历了征集另一件镇馆之宝——粟特文文书时的激动场面。

2006年11月中旬,有人反映当地一个维吾尔族农民家里有看不懂文字的古书。肖必胜等人随即来到这个农户家。这个农民很配合工作,立即从炕角上拿出一卷用破布包裹着的东西,打开外面包裹的布片,里面包着几张纸质残片,从纸张的颜色上来看,这几张书写有文字的纸页年代应该很遥远了。

肖必胜心头掠过一阵惊喜,但是,他又不相信自己有如此好的运气,他小心翼翼地拿起纸片。从文字的形状上来看,这几张纸上的文字存在明显不同,也就是说,这些纸张上的文字是用不同的语言文字书写的。恰好自治区有关专家王博、张平等人正在该地进行文物鉴定工作。肖必胜随即将这几张纸片重新包好,带回了图木舒克市文物局。

新疆文物考古研究所副研究员张平回忆当时见到这几张写满文字的纸张时说,他和自治区博物馆研究员王博看到这几张纸时都很吃惊。其中,有一张纸上的文字很像粟特文字,经过专家们的比对,他们确定文字果然是粟特文。

张平说,纸质文物能够保存下来相当珍贵。粟特文粟特语属于中期伊朗语的东部方言。粟特人曾对回纥及其后人的文化产生过重要作用。维吾尔族人曾经使用过的回鹘文就是在粟特文的基础上创制的。粟特文文献大都是基督教、摩尼教和佛教等宗教内容。它和塞姆字母一样,全部都是辅音符号。一般情况下元音不予表明。在中国境内发现的粟特文文献主要有三种字体,即标准体、摩尼体和古叙利亚体。因字体不同,其字母数量也各不相同。图木舒克地区曾经出土了许多粟特文文书,但是,大多数都流失海外了。

图木舒克市新收集的粟特文文书在国内是很罕见的,遗憾的是,这份粟特文文书由于没有准确的出土地点,对文物的准确断代造成了困难。另一方面,由于粟特文已经成为死文字,国内几乎没有解读粟特文的学者,因此目前还不能解读文字的具体内容。不过从国外对同一地区出土的粟特文文书的研究成果上可以断定,这份粟特文文书的年代应该在公元4世纪至7世纪,内容应该是佛教经文。

唐王城和"郁头国"

张平说,图木舒克市区域内大量的文物出土不是偶然现象,要想了解这些文物的来龙去脉,就得了解当地的历史。

大约在公元前1世纪前后,佛教由西向东传入我国,并且首先在塔里木绿洲区域流传。当时疏勒、于阗、龟兹和高昌并列为西域四大佛教中心,有过辉煌灿烂的佛教文化,唐王城作为龟兹与疏勒两个佛教文化中心之间重要的纽带城市,从现存遗址和研究来看,这里曾经是人口密集,文化发达的绿洲文化发祥传播地之一。在唐王城的石崖上,至今还可以看到数座东汉年间雕刻在崖上的释迦牟尼坐佛像。

据《汉书》记载:塔里木盆地北缘"有山国、焉耆、危须、尉头、渠犁、乌垒、龟兹、温宿、姑墨、疏勒"。尉头即尉头国,也称郁头州或郁头国,是西汉时期三十六国之一的小国家。唐王城所在地属于我国历史上屯垦最早的发祥地之一。在唐朝时期,图木舒克的屯垦空前兴盛。到了清代,民屯又开了南疆屯垦的先河。

　　图木舒克市目前保存较好的有唐王城遗址。古称观音菩萨庙遗址；唐王城寺庙遗址，也称图木舒克塔格寺庙院；渤热其塔格遗址；琼梯木遗址；肖尔梯木古城遗址；肖尔梯木(谒者馆)；骆驼房子古村落遗址；马加勒克古城遗址；色斯克库托克(苦井水)古驿站遗址；牙格库托克(油井)古驿站遗址；克孜勒塔木(红房子)古驿站遗址；苏盖提先儿(柳树城)遗址；齐郎先儿古城遗址；奎也普开提坝先儿(火烧城)遗址；克勒克孜麻扎(四十姑娘坟)；黑山古墓群；拱拜孜古墓群；古烽燧以及古炮台等共计52个古迹点。

　　图木舒克市地处叶尔羌河和喀什噶尔河绿洲地带，从历史文献记载，以及目前发现的众多的人文遗迹上可以清晰地梳理出一条从汉到唐宋，直至现代的文化脉络。现有研究证明，佛教从西方传入我国之后，唐王城很快成为佛教在塔里木盆地的一个中心，随后开始向东方继续传播。有专家认为班超驻守疏勒时期，唐王城很可能就是一个重要的据点。唐代高僧慧超曾经落脚过唐王城，当时，唐王城是唐代一个重要的驻军城市。伊斯兰教东进也在这里留下了明显的痕迹。

　　"在历史上这里既是丝绸之路上一个佛教文化中心，也是伊斯兰教在我国的一个中心。"张平说。

唐王城的衰落

在19世纪末至20世纪初,瑞典探险家斯文·赫定,法国的伯希和,德国的戈伦维德尔、艾略特·勒柯克,英国的斯坦因纷纷来到唐王城,由此掀开了唐王城考古热。

1928年,我国考古学家黄文弼来到这里,出土了彩绘陶罐,丝织舍利袋,婆罗谜文残纸,6件泥塑佛像,一包汉龟二体钱及一匹唐绢。新中国成立后,我国考古工作者对唐王城也进行了发掘研究。唐王城以及西域三十六国之一郁头国从历史的尘埃中渐渐走了出来。

距离唐王城20千米远的地方有一座叫马蹄山的小山丘,山上虽然没有植被,山丘的高度也不足百米,但是,在当地群众中马蹄山却很神圣。据说,马蹄山的名称由来,是因为山丘上有两个酷似马蹄印的印记。

巴楚县文物部门竖立的一块文物保护牌上则记录了这样一些文字:托库孜萨来古城(唐王城)20千米处,有一座山,山上有两个马蹄形大坑,距马蹄50米处的山顶端,有一个长约12米的马槽。相传马蹄印是伊斯兰教圣战者艾孜提艾力坐骑留下的。

另一个传说是这样的:喀喇汗王朝大汗把伊斯兰教推向了顶峰,他们组织圣战大军对于阗李氏王朝、高昌回鹘汗国两大佛教政权发动了宗教战争。在征服于阗时，战争蔓延到唐王城。传说战争开始的时候，伊斯兰圣战大军遭到唐王城内佛教徒的英勇顽强的抵抗，从而激怒了远在西天的真主穆罕默德的女婿阿里。他骑一匹神马腾空而来助战，用箭射中佛教首领，打败了佛教徒，占领了唐王城。唐王城对面的山脚边的两个马蹄形大坑，就是阿里骑神马而留下的马蹄印迹，马蹄山的名称即由此而来。

两则传说都是围绕着马蹄山和唐王城展开了，传说中人物的名称虽然不同，但是，故事却相同。由此可以断定唐王城的毁灭和战争有着直接关系，毁损年代大约在公元10世纪。

张平说，考古是为了补史正史，唐王城以及周边的文化遗存是一笔巨大的财富，随着考古研究工作进行，萦绕在唐王城以及郁头国上的未解之谜，将得到破解。

通古孜巴西古城埋藏的历史

新和县东南面茂盛的红柳滩中隐藏着一座废弃已久的古城遗址,据说,站在高处鸟瞰古城及其四周环境,古城周围还分布着十几个大大小小的城市及建筑遗迹,它们就如同众星捧月一般环绕着通古孜巴西古城,形成了一个以通古孜巴西古城为中心的古代文明现象。

那么这种现象究竟是一种巧合或视觉误差,还是的确如人们在空中所看到的那样就是历史的本来面貌呢?仲夏时节,我拜访了这座古城以及一些散布在沙漠中的一些其他遗迹。

通古孜巴西

我曾经拜访过塔里木盆地的许多古文明遗迹,也就是说除了这些遗迹所传递的人文气息之外,我自以为对这些遗迹的保存现状是比较了解的。当通古孜巴西古城高大的城墙残垣从野茫茫的红柳滩跳进视线，我却着实吃了一惊。登上残高8~9米的城墙，居高临下，放眼古城四周，我开始为这座曾经伟大的城市感到骄傲。

通古孜巴西是维吾尔语，直译为"猪头城"之意。据说，在很久以前，当地群众曾经在城内遗址发现野猪头骨，因而得名。另一种说法是"众城之城"之意，也就是说通古孜巴西古城是这一带所有城市及遗迹的中心所在。那么这座现在看来依然显得巍峨壮观的古城，究竟是何人所建，最终又是如何毁损被抛弃的呢？

自从19世纪末20世纪初，国外探险家来到塔里木盆地，进而掀起这里的考古探险热以来，这片神奇的土地，包括通古孜巴西等遗址就引起了世人的关注。我国著名考古学家黄文弼是最早考察通古孜巴西的学者之一，黄文弼认为该城是唐代城市，他在《塔里木盆地考古记》中这样写道：其墙址均为土砖所砌，有开元钱币散布，陶片亦属于唐代，则此一带遗址，时代可能相当于唐，而以通古孜巴西为一政治中心区。

黄文弼先生作出这样的结论，其依据主要是通古孜巴西曾出土唐朝大历年间的残纸、李明达借粮契、白苏毕梨领屯来状、太元铜钱等文物以及相关史料文字。

近年来，新疆文物考古研究所的一些专家，通过不同途径先后来到通古孜巴西以及周边区域,对这里进行了简单的调查,作出了相似的结论。但是,遗憾的是,由于多种原因,除了伯希和、黄文弼等人有限的文物考察和发掘之外,直至目前,考古工作者还没有对通古孜巴西古城及其周边遗址进行正式挖掘和研究。

单从自然方面的原因而言,有学者认为,通古孜巴西的荒废与当地最大水系渭干河改道有着直接关系。笔者以为,在没有正式发掘研究以前,除了政治中心转移直接导致了通古孜巴西衰落以外,其遭到废弃的原因有待专家学者进行考证。

红柳花开

在多数人心目中,塔里木盆地是干旱荒凉的,塔里木盆地许多古代文明的消失都与环境改变有着直接的关系。比如楼兰、米兰、营盘、尼雅等等,然而,通古孜巴西遗址的现状却同以上被沙漠掩埋的古代文明完全不同,这里的植被之茂盛超乎我的想象。

通古孜巴西位丁新和县和沙雅县交界区域,距离两县城的路程都在40千米以上,在这两个县城当中凡是对通古孜巴西比较了解的人,提起这座古城除了会说到这里的红柳和野猪之外，往往还会讲一些当地容易迷路、经常无端下大雨等怪事。

我们进入接近通古孜巴西的红柳林时也迷失了方向，好在我们准备充足，尤其是我们的车辆越野性能优越，根本不用担心陷进浮土以及被红柳挡道的问题。迷失方向，我们便以太阳为参照物，径直向着太阳的方向前进。这一招果然有效，不一会儿，通古孜巴西古城便从高达两米以上的红柳林中显露了出来。

通古孜巴西四周不仅红柳异常茂盛，红柳林中还分布有大量的梭梭、骆驼刺、骆驼蓬、胖姑娘等植被。据说，进入秋天，是红柳花开最旺盛的季节，通古孜巴西古城的城墙都能够被红色的红柳花映照成红色。按照常识，干旱的荒漠区域不可能出现如此茂密的植被群落。那么这些植被是依靠什么法力生长的呢？

新和县科技副县长邢春林在调查渭干河的历史变迁过程中，得出了这样一个结论：整个通古孜巴西古代垦区都是设立在渭干河冲积形成的平原上，这种情况使得这里的土地异常肥沃。据说，近年来，距离古城不远开垦的耕地也非常肥沃，有些农民种植棉花、玉米等作物甚至不使用任何肥料，就能获得稳定的产量。这种现实给邢春林的研究提供了有力的支持。

有了肥沃的土地，再加上经常莫名其妙地下大雨，荒原上植被茂盛的答案自然也就明白了。

事情有时候就是这样充满偶然性。随后一天，我在沙雅县采访期间，无意间了解到这样一个情况：沙雅县夏季常常出现严重的冰雹灾害，为了预防冰雹，沙雅县在人工影响天气方面做了大量工作。沙雅县人工影响天气的方位恰好就在通古孜巴西附近。通古孜巴西的怪雨很可能就是这样形成的。

谁的葡萄园

2005年12月，新疆考古研究所研究员张平等人，考察完通古孜巴西遗址之后，继续向南，进入了沙漠区域。他们的目的非常明确，考察耸立在沙漠中的塔什吐尔烽燧。张平没有想到，这次简单的调查活动，竟然发现了一个被沙漠埋藏了上千年的葡萄园。

我们在通古孜巴西停留了两个多小时，便驱车向着塔什吐尔烽燧驶去。钻出红柳林之后，土包林立，凸凹不平的自然地貌似乎经过某种修整的样子，变成了平整的大平地。我们的向导、新和县文物管理局局长程建军提醒我注意地貌的变化，我张望了片刻，这一带除了出奇地平坦以及植被稀少之外，并没有什么特殊的地方。

程建军说，这里很可能就是古代大规模屯田留下的耕地遗址，否则很难解释这里奇特的地貌变化现象。通古孜巴西周围自然地貌类似雅丹地形，这里却既没有隆起的土包，土壤色泽也与其他原始土壤有明显区别。还有一点很关键，现代研究认为，原始地表植被遭到破坏之后，需要漫长的时间才能得到恢复，何况是在干旱的塔里木盆地。由此推断，雅丹地貌中出现的大面积平地，无疑就是古代耕地遗址。

通古孜巴西距离塔什吐尔烽燧直线距离至多8千米，据说，天气晴好的日子，站在通古孜巴西城墙上就能看到烽燧。考古人员发现的古代葡萄藤则在塔什吐尔烽燧附近，由于流沙掩埋了接近塔什吐尔烽燧的路径，我们在离塔什吐尔烽燧大约两千米远的地方不得不弃车，徒步赶往塔什吐尔烽燧。

大自然常常导演一些非常有趣的现象，环绕塔什吐尔烽燧的沙地，是由许多大小不等的流动沙丘组成的。这些沙丘随风变换着形状，常年游弋在塔什吐尔烽燧附近。程建军曾经领教过这些沙丘的厉害。有一年春天，一些外界朋友要参观烽燧，为了确保大家路途安全，程建军和同事提前踏勘了通向塔什吐尔烽燧的路线，并在两个沙丘上做了记号，第二天，他们带着客人来到做记号的地方，不仅记号没有了，就连沙丘也没有了。当时，程建军还不知道，沙丘消失之后，地表上露出来的枯木乱藤中就有古代的葡萄树。

　　我们在烽燧一侧的一个古建筑遗址旁边轻易地就发现了一些干枯的葡萄藤。葡萄藤的根系,依然扎在古老的岁月。它们或许期望以这种坚守,守望着它们的主人——屯垦士兵的归期。

　　据介绍,这些枯死葡萄树的年代已经确定,它们与塔什吐尔烽燧以及通古孜巴西同属唐代。

情景再现

　　要想了解真实的通古孜巴西古城,我们必须跳出城池遗址,进入历史寻找其中的线索。自西汉王朝开通西域,在当时的龟兹设立西域都护府,神秘的西域诸国开始出现在各种文史资料。唐王朝建立之后,在西域先后与突厥和吐蕃对峙,安西都护府设立之后,唐王朝在西域的势力达到最强盛时期,据考证,当时的安西都护府核心区域就在今新和、沙雅、库车一带。通古孜巴西则是驻军和屯田中心地带。

　　2007年冬季,我曾经拜访了库车县境内的唐王城遗址,现有研究证实,唐王城遗址就是安西都护府军马饲养场,于是,一个有意思的现象出现了,如果通古孜巴西即为安西都护府府治所在地,我们就能够清晰地理出这样一个古代的军事布防以及屯垦图:通古孜巴西为驻军和首脑机关,其间分布着大片葡萄园,外围则分布着大小不等的屯田机构以及耕地,其间的寺庙等场所则满足了士兵们精神的需要。密集的烽燧,则保证了方圆数百千米内发生的任何战事,都能够在第一时间传递到通古孜巴西。

资料显示,通古孜巴西驻军数量最多的时候,人数达到了3万人。如此庞大的军队,其战马数量自然也不在少数,正常时期,垦区无法饲养大量的战马,他们便把饲养战马的基地规划在了距离垦区不足百千米,水草丰茂的塔里木河沿岸的唐王城。

邢春林告诉我,目前,新和县正在规划实施一个以通古孜巴西为中心,面积大约在200平方千米的屯田文化遗址公园,一旦得到落实,塔里木盆地历史上的屯田情况将会得到再现。其实,历史就在我们的身边重复着,塔里木盆地垦区正在发生的故事,不就是中华文明古国历史的延续吗?

流沙河与高老庄

《西游记》是我国古典四大名著之一，唐僧师徒西天取经，一路上降魔除妖的故事家喻户晓。不知道是巧合，还是唐僧师徒取经途中的确经过了温宿，《西游记》里的部分神怪人物原型以及地名竟然在这片土地上冒了出来。

那么它们究竟是传说、附会，还是真有其事？11月初，我揣着满腹好奇，在这里进行了一系列走访。

流 沙 河

我刚刚来到温宿县，当地文化人杨寒就提到了流沙河，并且非常肯定地说，温宿县流沙河就是《西游记》里的流沙河。我对此虽然不敢苟同，但是，出于好奇，当天下午，我还是应邀与杨寒一起赶往了流沙河。

流沙河位于温宿县西部，在当地也称库木艾日克河，翻译成汉语意思为"流动的沙河"。按照字面的理解，流沙河自然是沙石滚滚，浊浪滔天的样子。前往流沙河途中的景象却没有我想象中的黄沙漫漫，路途艰险。抵达流沙河之后，流沙河的现状更出乎我的意料，它温柔羞涩得像一个小姑娘。

温宿县是新疆水稻的主产区，温宿县的水稻主要出产地则在流沙河和托什干河形成的洪积平原上，我们途经的吐木秀克镇乡村，放眼望去，平川沃野，林网条田纵横，一派丰饶富足景象。稻田里的收割机收割稻子荡起的尘土，萦绕在收割机四周的情景，倒是很有意思，假如倒退1300年，收割机不就是一个贪婪的大妖怪吗？

我们抵达流沙河岸边之际，时间已经接近傍晚，太阳在苍苍茫茫的西天变成了一个暗红色的球体。太阳下面凝固着一团白云。不知道是什么原因，我总感觉那团白云冷丝丝的，仔细看看，哇噻，漂浮在高天上的云团，竟然是天山雪峰。由此，我不能不想到唐僧师徒看到前方的大雪山有何感想，甚至需要什么样的勇气和毅力才能够面对横亘在前方的天山。

枯水季节的流沙河，除了宽阔空旷布满卵石的河滩，看不出一点汹涌澎湃的样子。河床上的河水只剩下一些清澈的宛如溪水一般的细流脉脉流淌着。

为了感受流沙河的全貌，我们又绕道来到流沙河上的一座宽约3米,长度超过1千米的水利建设专用桥上。站在桥的中间部位,我突然觉得有些寒冷。冷风是从流沙河上游顺着河道吹来的。从我们处的位置观察流沙河河床,流沙河果然与南疆的其他河流有着明显的区别,流沙河的河床坡度很大,而且布满乱石。如果是在汛期,可想而知来水的威力和气势是何等了得。

摆渡人沙僧

据说,吐木秀克镇有许多叫"沙吾提"的人,沙僧就是由沙吾提演化而来的。在跟随唐僧取经之前,沙僧则是流沙河上的一个摆渡者。

杨寒遗憾地告诉我,如果是在汛期来到流沙河,我就能感受到《西游记》中的流沙河了。然而,就我个人真实的感觉来说,我并没有失望。因为我们寻找的本身就是一个神话中的人物。更何况流沙河宽达一千米乱石滚滚的河滩,足以说明了一切。

我原计划在流沙河边找一个人家。在流沙河两岸走了走,我却发现流沙河的现状与《西游记》里描述的情况是如此相似:在距离河两岸至少5千米的范围内,除了胡杨林和红柳以外根本没有人家。沙僧被唐僧收为徒弟了,流沙河里已经没有妖怪了,这里的居民为什么还不敢在岸边居住呢?

返回途中,我们在一片棉花地遇到了吐木秀克镇曲达村农民阿提坎木·艾山,棉田的地头还有一棵老核桃树。阿提坎木·艾山今年67岁,在他的记忆中,他们祖祖辈辈就生活在曲达村一带的,那棵老核桃树就是他的祖辈传下来的。从核桃树的粗细来看,他估计这棵核桃树的年龄应该在200年左右。

阿提坎木·艾山非常熟悉电视剧里的沙僧,他说沙僧是个好人。当问及"沙僧"和"沙吾提"之间有没有联系时,他不置可否地笑了。

阿提坎木·艾山对流沙河的印象很深。每年7月至9月是流沙河的汛期。过去,每逢流沙河的汛期,几千米之外都能听到洪水发出的响声。河水还经常溢出河床,淹没河岸两边的荒原。大概在20世纪60年代以前,流沙河上还有摆渡的船夫,不过,即使这样,流沙河汛期也没有人胆敢过河。船夫只是在春天和初冬季节摆渡客人。

杨寒幽默地说:如此看来,一年当中,至少有三个月沙僧要饿肚子了。

高 老 庄

事情就是这样巧,除了流沙河,温宿县城的另一面还有一个高老庄。由于高老庄距离温宿县比较近,因此,我们走的是先远后近的线路,也就是说,我们先收服了沙僧,然后,又来到高老庄降服了猪八戒。这种安排虽然打乱了《西游记》的章节,但我个人以为这并不影响人们对猪八戒这个形象的喜爱。

在温宿县民间,高老庄的名声显然要比流沙河大得多。究其原因,除了《西游记》里猪八戒的性格更贴近人们的生活现实之外,他还与温宿县一个叫宋科的人密不可分。

我是从流沙河回来的第二天一早开始高老庄之行的。在我想象当中,高老庄应该是一个小桥流水,曲径通幽,掩映在绿树丛中的村庄。然而,让我没有想到的是,这个高老庄竟然是温宿县城边高台上一片荒凉的坟冢。

我在高台(当地人称坎坡)附近走访几位当地维吾尔族群众,谈到高老庄,他们往往笑着说:高老庄吗,就是高老庄。至于高老庄名称究竟是怎么样来的,似乎没有人能够说清楚。

陪同我采访的维吾尔族翻译,是个非常热情的中年男了,他告诉我高台上的高老庄是过去的高老庄,现在的高老庄则在高台侧面的峡谷中。随后,他解释着说:都是传说,专家都搞不清楚的事情,老百姓哪里知道呢。

我们走下高台,三转两绕,进入峡谷,谷内的景色果然如我想象一般,浓密的垂柳丛中甚至还有一群唧唧喳喳的小鸟。

沿着谷底的小河边走了一程,转过一座小桥,眼前赫然出现了一个园林。我们来到了宋科的高老庄。

1969年,宋科来到温宿县以后,就听说当地有个高老庄,宋科是个《西游记》迷,听到这样的事情,他当然不会轻易放过,要探个究竟。遗憾的是,当地流传了许多年高老庄故事,有人还考证了很长时间高老庄的真伪,但是,直到2002年高老庄还是高台上的那片乱坟岗。

2003年,宋科放下自己的小商品批发生意,开始研究《西游记》了。2005年夏天,宋科心目中的高老庄已经成形了。于是,占地面积20亩,包括高家大院、高家二宫、雷音寺以及众多西游故事中神怪人物雕塑为一体的古典园林建筑——高老庄从《西游记》故事变成了现实。

宋科的高老庄从设计选址到施工,似乎都是《西游记》神话故事的延续。总投资超过500万元的高老庄所有建筑竟然是在宋科脑子里成形,然后,由他画出草图施工完成的。最让我吃惊的是高老庄内的雷音寺。寺里除了有释迦牟尼以及唐僧师徒的雕塑,墙壁上还按照《西游记》的章回,从内地请来高手画了100幅壁画。宋科痴心《西游记》文化的心态,在这里表现得一览无余。

宋科对《西游记》的研究远远没有停止。他最关心的是与高老庄有直接联系的人物的原形命运问题。比如,高老庄的主人高员外是什么民族,高员外是通过什么方式发家的,猪八戒究竟是何方人士,猪八戒与高翠兰的爱情等等。

温宿掌故

《温宿县志》记载,西汉神爵二年(公元前60年),龟兹隶属汉朝版图。唐贞观二十二年(公元648年),设温宿州、菇墨州,隶属安西大都护府龟兹都督府管辖。明代属叶尔羌汗国。清光绪八年(1882年),设阿克苏道、温宿直隶州。光绪二十八年(1902年),设温宿县。

龟兹曾经是西域诸国中的一个大国。佛教从公元前一世纪前后进入塔里木盆地,到魏晋南北朝时期达到了一个高峰。这期间,中原和西域之间不仅经济联系密切,佛教僧侣频繁往来讲经学法活动非常活跃,龟兹乐舞也随着这种交往传入内地,并且成为皇家宫廷非常喜欢的文化形式之一。

资料显示,龟兹乐舞萌发于西汉初期,在东晋时传入中原。在古代宫廷乐中,龟兹乐被归为隋九部乐、唐十部乐中的一部。唐代,龟兹乐舞不仅传入了民间,"大盛于闾巷",而且还远播到日本、朝鲜、缅甸、越南。

唐僧是沿着丝绸古道的"热海道"前往西天取经的,热海道的路线是库车（皮郎古城）—温宿—乌什—别迭里山口—热海（伊塞克湖），然后，抵达天竺。唐僧取经途经西域，不仅取得了真经，《大唐西域记》还留下了这样有关龟兹乐舞的记载："管弦伎乐，特善诸国。"这里的意思是说，龟兹乐舞是西域各国乐舞中最优秀的。

由此来看，温宿县留下流沙河、高老庄的故事似乎也就不足为奇了。

探秘高台寺

吉木萨尔县南部与巍峨的东天山毗邻，城南5千米的山前台地区域建有一座寺庙，名为高台寺或称吉木萨尔县千佛洞。据说，该寺院始建于唐代年间，香火绵延千年，至今不断。

一场大雪之后，我揣着某种微妙的心理，从吉木萨尔县城出发，徒步赶往高台寺。我觉得自己是从盛唐年间出发的，雪还是那个年代的雪，路还是那个年代的路，然而，走着走着，我发现时空出现了交叉……

通灵的水声

高台寺东面和西面各有一条逶迤南行直达东天山主脉的小山沟。我是从东面的山沟进入台地区域的。相传，这条路是高台寺建设初期，生活在北庭城内的善男信女们借助地形条件,开山筑路,修建的一条集山水风光和人文景观为一体的通天之途。

在那个年代,朝圣的脚步一旦踏上这段由低渐高的山路,左面草木葳蕤的深沟之中传来的水声,右面高山上只闻其声,不见其容的寺院里飘落的诵经声,便会让所有浮躁的心灵平静下来。生与死,名与利,色与戒……我同样带着这些现实生活离不开的烦扰,穿过城市,走过积雪的平原,踏上了这条使用了一千多年的山间小路。

阳光普照大地。路上既不见古人,也没有后来者。平原上薄薄的积雪,撒在山间,覆盖了枯草和裸露的山体。山地与平原,咫尺之间,地形迥异,降水居然也有如此大的差异。或许是某种暗示?

高台上没有飘落诵经或者敲击法器的声音,冬日的冷风似乎也停歇了,唯独沟底流水发出的"叮咚"声,摆脱了一切,经年不息地唱着它自己的歌。它唱的谁的歌?它又想寻觅什么样的知音?它唱的是天山之歌,感悟生死的思想。它的知音除了穿行在这条山间小道上的来者,还能有谁呢?想到这里,我心头掠过一阵惊喜。依此类推,空荡荡的小路上,这一刻,我岂不是天山唯一的知音?

这是一个惊人的发现。与此同时,我听到我心里"叮咚,叮咚"的水流声。我的声音和天山的声音合辙合拍。我们的声音只有一个旋律：自然。

"当"，清凌凌的一声脆响，仿佛从天庭飘落下来一般。抬头寻找清音的出处，高高的丘陵上，露出一段古色古香的墙。墙内就是高台寺。

老树和新枝

古树名刹，相得益彰。高台寺建筑群正面也有一棵遒劲的大榆树。风很冷，天很高，孤零零的大榆树站在那里，显得突兀无援。围着大树转了一圈，我总觉得大树有些另类。莫非僧家的林木与世俗的同类也有不同？

随即，我似乎发现了大树的秘密。田野间的野树是自然的，这棵大树却在人文关怀之下，被赋予了某种文化色彩。树枝上捆绑着一些黄色和红色的布条，这些布条舞弄着西风，发出轻微的风的声音。幸好不是在夜里，否则有关高台寺的另一个神秘传说，很可能会从我口中传播开来。

摆动的布条只是一种外在变化，大榆树依然另类地伫立在白茫茫的雪原上。或许我也该在树枝上留下点什么。这样想着，我突然发现了大树所谓另类的根本原因—大榆树树干上部的多数枝干都被精心修剪过，碗口粗细的伤疤与萌生的新枝之间造成的反差，让整棵大树的树形，失去了自然的平衡感。

好端端的一棵古树,何以遭受如此变故?

寺院里走出和尚源成师傅。他解开了我的心结。大树是
5年前从荒原上移栽过来的。为了这棵百年大树顺利落户寺
院,相关部门动用了吊车等大型设备。移栽大树之前,有人持
反对意见。理由是大树难以成活,何况是一棵百年老榆树。当
年春天,随着大树勃发的新枝,所有的担心和顾虑都烟消云
散了。大榆树是有灵性的。

据说,一百多年前,高台寺所在的山包,苍松翠柏,古木
参天,一派人间仙境之气。现在老榆树回来了,新栽的众多苗
木也把根深深地扎在了这个高台上,再过一百年,高台寺肯
定会成为东天山脚下一个发人深省的胜景。

僧侣的岁月

源成和尚,73岁,14年前来到高台寺,做了几年居士,便
正式剃度出家了。高台寺的老和尚圆寂之后,偌大的一个寺
院只剩下源成自己。

源成和尚的生活很有规律。每天早晨5点起床,洗漱完
毕,开始检查寺庙各大殿的长明灯,给灯添油,随后,进行一
些体育锻炼。8点至9点是早课时间,也就是诵经。早饭之后,

做些打扫卫生，接待游客等工作。中午，源成和尚的作息时间也大致如此。下午7点左右开饭，之后是晚课时间，晚上9点准时入睡。

一天当中，早中晚三课是出家人必做的事情。诵经时，还需要焚香。源成和尚说，最早的时候，焚香是出家人打坐诵经时，用于防止蚊虫叮咬，净化空气。后来，人们将香草加工成现代意义上的香，并赋予了纪念先人之意。

出家之前，源成和尚是吉木萨尔县三台镇农民，经历了众多是是非非，看惯了世事沧桑，他萌生了给自己找一个无忧无虑，无牵无挂的归宿之地的念头。来到高台寺，他终于找到了家的感觉。比如说，人都会死，也知道生的结局是死亡，但是，世俗之人还是对死亡充满恐惧。为什么呢？其实，怕死的根本就是对物质的留恋。出家隔绝了人对物质的欲望，克服了对死亡的恐惧，人就能坦然面对一切。

夜深人静的时候，源成和尚偶尔也会巡视一番各殿，查看长明灯是否被风吹灭。每次巡查到千佛洞前的大殿，走在大殿的走廊上，源成和尚的脚下便出现一种地下有空洞的声音。老和尚曾经告诉源成和尚，高台寺历史悠久，寺院本身还有许多未解之谜。源成和尚由此断定，大殿的下面可能还隐藏着其他类似千佛洞之类的建筑。

2008年春天，相关部门对千佛洞南面墙壁进行修缮时，意外发现了一个空洞，空洞里塞满回填或者塌陷淤积的泥土。为了避免新的塌方，危及千佛洞的安全，施工人员随即封闭了这个空洞。

在吉木萨尔县民间，流传着这样一种说法：夏日深夜，高台寺大殿正上方的夜空中有时会出现一种奇妙的白光。源成和尚也见过这种奇特的白光。他对这种现象的解释是，白光可能是云。云发光的原因则可能是反光形成的。

历史与回眸

我来到高台寺的时候，高台寺新一轮的扩建工作正在进行当中。历史上的高台寺，分地下洞窟和地面建筑两大部分，曾经是新疆北部最大的佛教建筑群之一。经历了多次毁损重建，1993年，高台寺重新修缮利用时，整个高台寺只剩下了一个空荡荡的千佛洞遗址。尽管如此，这个千佛洞也是新疆北部能够保存下来的唯一一座佛教洞窟建筑，被誉为北疆第一佛窟。

高台寺(千佛洞)发现的过程充满戏剧性：清代中期，吉木萨尔有一位樵夫被眼疾所困，痛不欲生，有一天他经过高台寺附近，突然听到有人说用山谷内的溪水洗眼睛，可以治疗他的眼病，樵夫四顾左右却没有发现人影，他便寻着潺潺流水声,摸索到水边,用水清洗眼睛。一天以后,他的眼睛不疼了,视力也得到了恢复。突然,山谷一侧的高台发生了崩塌,露出一个绘满壁画的洞窟,洞内正面安坐着观音菩萨。这个人立即将菩萨显灵的事情告诉了众人,于是,这个尘封了多年的千佛洞得以重见天日。此事还惊动了当时乌鲁木齐的官员,有位官员还从洞窟内请了几尊铜佛,献给了乾隆皇帝。

发现千佛洞之后,各地的善男信女开始捐资修建高台寺,到新中国成立初期,高台寺已经成为集地下洞窟建筑与地面建筑为一体的寺院建筑群。高台寺遭到的最大的破坏是"文化大革命"时期。这期间地面建筑荡然无存了,千佛洞内的壁画也遭到了彻底毁损。

那么高台寺究竟始建于什么年代呢?我们不妨将目光投向吉木萨尔县的历史。吉木萨尔县即唐代北庭大都护府府治所在地。资料显示,公元前4世纪至公元前3世纪,东天山北麓吉木萨尔一带出现了以蒲类国为盟主的山北六国部落联盟。西汉时期,著名的车师古道,已经成为连接南北疆之间的一条重要通道。到了唐代武则天年间,随着北庭大都护府设立,北庭进入鼎盛时期。人们由此推断,高台寺应该始建于这个时期。开元二十一年(公元733年)改设北庭节度使,辖瀚海、天山、伊吾三军。贞元六年(公元790年)吐蕃攻占北庭,唐对北庭的统治即告结束。回鹘西迁后,北庭又称别失八里,为高昌回鹘的重要基地和王族避暑胜地。元代在此设立"宣慰司""元帅府"等重要机构,仍为北疆重镇。北庭城址约于明代初年荒废。高台寺大概也于同期被人们遗忘了。

源成和尚所说的大殿下面有空洞的声音,并由此推断高台寺四周的高岗上可能存在未发现的洞窟,并不是空穴来风之谈。据说,数年前,一场暴雨之后,千佛洞的一侧的土岗发生了塌陷,露出一个洞窟,窟内保存有精美的壁画。遗憾的是,由于多种原因,人们并没有进行发掘,而是将塌陷的部位进行了回填。

北庭文化研究专家薛宗正先生认为,高台寺所在的高地肯定还埋藏着人们没有发现的洞窟,并呼吁有关部门对高台寺进行发掘研究。